박사는
고양이
기분을 몰라

어느 심리학자의
물렁한 삶에 찾아온
작고 따스하고
산뜻한 골칫거리

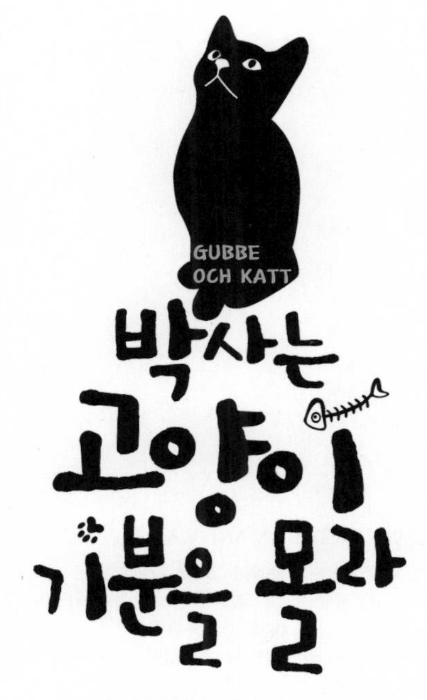

닐스 우덴베리 지음 | 신견식 옮김

샘터

날 집사로 만들어준

로타,

다니엘,

사무엘,

엘리아스에게

1

나는 의사 면허가 있다. 대학에서 심리 치료와 '인생관의 경험적 연구'를 강의하며 자상한 정부 덕분에 명예롭고 품위 있게 교수라는 이름까지 얻었다. 나 스스로는 자신을 작가라고 부르는데 지난 몇 년 동안 여러 권의 책을 출간했고 몇몇은 꽤 잘 팔리기도 했다. 요즘은 고양이도 키운다. 아니, 고양이가 나를 키우는 건가? 글쎄, 실은 그럴지도 모르겠다.

이제 어떻게 고양이와 함께 살게 됐는지 얘기해보겠다.

하지만 그전까지 나는 절대로 애완동물을 키우지 않겠다는 다짐도 했었다. 시시콜콜하면서 다소 바보스러운 이야기일지도 모르겠다. 그래도 이제 일흔 살이 넘어 더 이상 경력을 쌓으려고 고군분투할 일도 없다 보니 이런 얘기를 할 만한 여유가 생겼다. 나는 많은 늙은이와 마찬가지로 아주 여리고 민감하다. 고양이는 이와 달리 의지가 강철 같고 어찌 보면 목적의식이 확고하면서도 오히려 유연하다. 대결은 전혀 없었지만 결국 고양이는 바라던 것을 언제나 얻게 마련이었다. 만남은 이렇게 시작되었다.

시월 말 나와 아내는 나미비아에서 돌아왔다. 나는 언제나 여행을 즐겼고 우리는 전에도 아프리카에 가봤다. 우리는 사륜구동 차량을 몰고 보름에 걸쳐 나미비아 사막을 돌아다녔다. 광활하고 황량한 국립공원에 찾아가 코끼리와 얼룩말도 보고 황무지를 떠도는 우아한 영양 무리도 구경했다. 물론 사자와 표범 같은 커다란 고양잇과 동물도 당연히 보았지만 이번에는 그렇게 많이 보지는 못했다.

우리는 룬드(Lund, 스웨덴 남부의 도시로 제2의 종합대학이 있는 교육중심지) 시 중심부의 작은 집에 산다. 마당을 둘러싼 울타리엔 거의 대부분 담쟁이덩굴이 우거졌다. 자동차는 간이 차고 안에 주차해놓는데, 마당과 간이 차고 사이 울타리에 난 문은 늘 잠가둔다. 바로 그 뒤로 침실 창문이 있는데 귀국하고 나서 한 일주일쯤 뒤에 가냘픈 가을 햇살을 들이려고 커튼을 열어젖히자 고양이 한 마리가 그 문 위에 앉아 커다랗고 동그란 노란 눈으로 나를 빤히 쳐다보았다. 흰 반점은 하나도 없는 자그마한 회갈색 얼룩무늬 고양이였다. 전에 한 번도 본 적 없는 녀석이었으나 근처 어느 집에 사는 고양이겠거니 짐작했다.

작은 고양이는 이튿날부터 꾸준히 나타났는데 가만 보니 우리 정원 창고에 자리를 잡은 듯싶었다. 창고는 간이 차고에 붙었지만 마당으로 들어가는 입구가 있다. 몇 차례인가 내가 창고에 뭔가 가지러 갈 때면 고양이가 연장을 놔두는 바구니 안에서 빼꼼히 내다봤기에 우리는 녀석이 그 안에서 밤을 보낸다는 것을 알아챘다. 거기 있으면 조금이나마 바람, 추위, 비를 피할 수 있다. 뜬금없이 정원 문 위에 나타난 그날 아침도 아마 연장 바구니 안에서 자고 일어났을 것이다. 녀석은 되도록이면 편안하게 있으려고 했다. 며칠 뒤 날씨가 추워져 우리가 창고 안을 들여다보니 몸을 실타래처럼 돌돌 말아 웅크리고 있었다. 연장들은 잠자리에 두기에 좋은 물건은 아닐 테니 딱히 아늑하게 지낼 수는 없었을 것이다. 조금이라도 안락함을 찾을 만한 데는 정원 가꿀 때 쓰는 장갑뿐이었다.

우리는 스톡홀름에 있는 아파트로 가는 바람에 거의 보름간 집을 비웠다. 그러는 동안 나는 고양이가 우리에게 기대를 걸지 않고 원래 집으로 돌아가거나 돌봐줄 다른 누군가를 찾아가길 바랐다. 그러나 우리가 돌아와 창고 문을 열자 고양이는 여전히 내 정원 가꾸기 바구니 안에 앉은 채 커다란 눈으로 우리를 바라보았다.

올해는 겨울이 일찍 와서 난방도 안 되고 외풍도 센 정원 창고는 혹독한 겨울밤을 보내기에 안성맞춤인 곳과는 거리가 멀었다. 그렇지만 고양이는 잘 지내는 듯싶었다. 생기 넘치며 빠릿빠릿해 보였으며 털도 빽빽하고 윤기가 흘러 몸도 괜찮은 상태였다. 그런데 대체 어떻게 먹고 사는 걸까? 근처 어딘가 임자가 사는 곳으로 이따금씩 찾아가 먹이도 조금 가져오는 것인지…….

고양이 눈에는 뭔가 다른 것이 있다. 커다랗고 앞을 똑바로 보는데, 사람이나 다른 원숭이들처럼 고양이의 시각도 삼차원이다. 어린아이가 우리를 똑바로 쳐다보듯이 고양이도 눈길을 돌리지 않는다. 눈을 보면 뭔가 간청하거나 나무라기까지 하는 것이 쉽게 읽힌다. 어쨌든 우리는 동정심에 사로잡혀 딱딱한 연장을 바구니에서 치우고 낡고 해진 수건을 놓아주었다. 몇 달 전 가족을 데리고 찾아왔던 아들이 개 사료를 조금 남겨두고 갔다. 우리는 고양이도 개밥을 먹는다고 생각했던 것이다. 집 밖 화분 받침에 개 사료를 담아 주고 고양이를 안으로 들이지는 않았다. 고양이는 처음에 좀 망설이듯 킁킁대더니 먹기 시작했다. 게걸스럽게 먹는 모습이 꽤 배를 곯았나 싶었다.

우리는 또 스톡홀름에 갔는데 이번에도 거의 2주 동안 집을 비웠다. 돌아오니 눈이 왔기에 간이 차고 바깥에 쌓인 눈 더미를 치우려고 창고에 삽을 가지러 갔다. 고양이가 아직도 있었다!

어떡하지? 스톡홀름에 머무는 동안 우리는 고양이 얘기

도 가끔 했다. 실은 고양이가 제 발로 떠나주길 바랐는데 우리는 낯선 손님을 그다지 잘 챙기는 편이 아니었기 때문이다. 물론 귀엽고 생기발랄한 작은 고양이였고 우리도 고양이란 동물에 반감이 있는 건 아니었다. 하지만 나와 아내는 스톡홀름에 있는 아파트에 자주 머물렀고 여행 다니기도 즐겼다. 우리 생활 방식으로는 고양이를 데리고 살 수 없었으며 그냥 불가능한 일이었다. 고양이는 보살펴주는 주인이 있어야 하는데 우리 부부는 그럴 만한 사람들이 아니었다. 어느 이웃집에 살던 자그마한 회갈색 얼룩무늬 고양이가 길을 잃은 것이리라 기대하며 마음을 달랬다.

우리는 전단지를 붙였다. 옆 동네 어떤 사람이 혹시 자기 고양이가 성가시게 구는 것인지 물어보았다. 전혀 아니라고 대답했는데, 혹시 그가 고양이를 잃어버린 것일까? 그렇지 않았다. 그 집 고양이는 우리 집 마당 헛간에서 밤을 보내는 버릇 같은 건 없는 듯했다. 그 외에 다른 사람은 아무도 관심을 보이지 않아 전단지를 떼어냈다. 우리 곁에 머무르기로 작정한 듯한 고양이를 두고 다소 어찌할 바를 몰랐다.

단골 가게에 들를 때면 길고양이를 돌보는 모임에 기부를 해달라고 호소하는 포스터가 이따금 눈에 띄기도 했다. 고양이와 친하고 정이 많은 사람들이라 여름에 집을 나온 고양이들을 돌보는 데 익숙할 테니 아마도 우리 작은 고양이가 집을 찾도록 도와줄 것 같았다. 물론 그들은 무슨 문제인지 잘 알아들었고 우리가 거기까지 찾아간 것도 높이 샀지만 보호소는 이미 신세 고달픈 고양이들로 가득 찰 대로 차 있었다.

경찰이 남았다. 나는 전화를 걸었다. 상냥한 여자 목소리가 대답했다. 나는 조금 쑥스러워하면서 범죄를 신고하려는 게 아니라 바보스러운 질문 좀 해도 되겠느냐고 말했다. "고양이가 마당에서 안 나가고 버티면 어떻게 해야죠?" 나는 집 나간 고양이를 혹시라도 누군가 경찰에 신고했기를 바랐다. 연결된 다른 담당자도 상냥한 여자였는데 이번에는 경찰관이었다. 잃어버린 고양이 기록부를 살펴봤는데 우리 집에 사는 녀석과 비슷한 고양이를 찾는 이는 없었다.

나는 친절한 경찰관과 계속 얘기를 나누면서 우리 곁에

머무르려는 고양이를 내치기가 힘들다고 털어놓았다. 끈질기게도 사랑스러운 존재를 엄동설한에 한데서 자도록 놔두자니 기분이 좋지 않았다. 이해심 많은 전화 속 여자는 직접 고양이를 키우는 듯싶었다(난들 알겠는가? 추측할 뿐이다). 여자가 말하기를 고양이들은 겨울에 나갔다가 너무 추워지면 잘 지내지 못한다는데, 나도 다 아는 것이었다. 귀와 꼬리 끝에 동상이 걸릴 수도 있기 때문에 영양을 잘 섭취해야 추위에 맞선다는 얘기도 했다. 그래, 나도 다 알고 있었다.

그런데 내가 절대로 고양이를 키울 수 없다면, 도대체 어떻게 처신해야 되는가? 친절한 경찰관은 고양이에게 절대로 먹이를 주지 않는 것이 가장 중요하다고 답했다. 고양이들은 무전취식을 하다 보니 먹이 주는 이가 있는 곳에 머문다. 나는 끊임없이 살갑게 구는 작은 생명체에 동정심이 안 생길 수가 없어서 몇 번 사료를 줬다고 약간 잘못이라도 저지른 듯이 고백했다. 하지만 내 굳건한 원칙에 따라 언제나 사료를 집 밖에다 놨다고 덧붙였다. 어느 정도는 사실이었다. 여자 경찰관은 나를 탓하는 투는 눈곱만큼도 없이 어떻게 된 일인지 알 것 같다고 답했다. 벌써 고양이는 우리를 이용할 자원으로 본다는 것이었다. 나는 그게 무슨 말인지 잘 알아들었다.

여자는 물론 내가 고양이를 잡아두기만 하면 경찰이 이동장을 들고 와서 고양이를 데려갈 수 있다는 말도 잊지 않았다. 나는 우리가 나타나기만 하면 몸을 비비대려고 하는 조그마한 그 녀석을 잡는 것은 아무런 문제도 안 된다고 말했다. 나는 질문을 바꿔봤다. "경찰은 고양이를 데려가서 어떻게 하는 거죠?" 이해심 많은 경찰관은, 뭐, 고양이를 동물 보호소에 데려다주면 아마도 돌봐줄 사람을 찾을 수 있으리라고 얘기했다. 최악의 경우는 죽일지도 모른다면서. 생리학 연구소에서 강사와 연구원으로 일하던 젊은 시절에 고양이로 했던 동물 실험이 떠올라 더는 묻지 않았다. 그저 친절히 응대해줘서 고맙다는 말을 전하고는 전화를 끊었다.

내 안에서 뭔가 말했다. "안 돼!" 고양이는 고집스럽게 구애하면서 우리에게 모종의 신뢰를 보여줬기에 나는 감동

받지 않고는 못 배겼다. 경찰 손에 맡기자니 배신처럼 느껴졌다. 그럴 바엔 차라리 근처 동물 병원으로 데려가 내가 직접 돈을 내서 최소한의 고통으로 죽도록 해야겠다는 생각이 들었다. 나쁘게 사느니 좋게 죽는 쪽이 낫다. 나는 슬슬 고양이의 안녕을 책임지게 되었다.

우리는 여전히 밖에다가 먹을 것을 놓았다. 고양이는 먹었다. 전과 다름없이 정원 창고에서 잠을 자도 됐다.

처음에는 먹이만 이따금 놓았다. 그런데 눈이 많이 와서 상당히 추워지다 보니 동정심이 늘었다. 스라소니나 들고양이라면 혹독한 겨울도 능히 견딜 만하다. 하지만 그것도 먹을 것이 있어야 되는 일이다. 아들이 남겨둔 개 사료도 다 떨어져 이제 우리가 먹고 남은 음식을 고양이에게 내줬다. 소시지, 닭고기, 생선 그라탱. 물론 고양이는 다 먹었지만 뭔가 좀 머뭇거렸기 때문에 얼마 지나지 않아 우리는 참치 냄새가 나는 건사료 한 봉지를 사 들고 왔다. 식료품점의 잘 아는 계산원 앞에 고양이 사료를 놓으면서 조금 멍청한 느낌이 들었다. 나는 고양이 사료를 사는 그런 사람이 아니었다. 나 자신의 이미지와도 들어맞지 않았으므로

해명할 필요를 느꼈다.

"작은 고양이 한 마리가 우리 집 마당 헛간에 눌러앉았는데 가여워 보이더라고요."

"그럼 그냥 거기 쭉 있겠네요."

여자는 스스로도 그런 경험이 있었는지 확신에 찬 목소리였다. 그래 쭉 있겠지. 살짝 한숨 쉬며 생각했다.

나비는 우리가 새로운 먹이를 사 오자 기뻐서 어쩔 줄 몰랐다. 확실히 동물 사료 공장은 고양이 입맛을 잘 알았다. 게다가 그런 사료는 값도 싸서 한 봉지로도 오래 버텼고, 우리는 집에 언제나 고양이 밥이 있도록 했다.

날이 갈수록 우리는 그 작은 녀석을 일상의 한 부분으로 여기기 시작했다. 조금 놀랍게도 "고양이 어디 갔어?"는 우리가 가장 자주 쓰는 문구가 됐다. 언제 결정을 내렸는지도 모르게 우리는 고양이 주인이 됐다.

그렇지만 나는 우리의 생활 방식이 고양이를 키우기에 알맞은지 아직 확신이 없었다. 고양이를 여러 차례 만났던 딸이 도와주러 왔다. 딸은 얼마 전에 우리 문제를 자세히 듣고서는 우리가 고양이 키우기에 어울린다는 느낌이 든다고 솔직히 얘기해줬다. 그 조그만 녀석이 주위를 뛰어다니면 우리는 마냥 기분이 좋았다. 그리고 딸 스스로도 작은 고양이 녀석에 매료되었고 두 외손자도 신이 나서 외할머니와 외할아버지 고양이 얘기를 했다. 하지만 사위는 집에 고양이를 들이지 않겠다는 데 무척 단호했다. 사회복지사로서 사람들의 실제적이고 정서적인 문제를 잘 해결하는 딸이 결정적인 말을 던졌다. "공동으로 돌볼 수도 있지 않을까요? 부모님이 스톡홀름에 계시는 동안은 제가 나비를 돌보면 되죠." 그렇게 해결되었다. 고양이는 우리와 남았다.

크리스마스 휴가 중에 나는 스톡홀름에 볼일이 별로 없어서 한 달 반이 지나도록 한 번도 거길 안 갔다. 서서히 익숙해졌다. 우리는 고양이를 '우리 작은 나비'라 부르기 시작했는데, 녀석의 잠자리는 여전히 정원 창고였다. 우리가 키우기를 망설여서 고양이를 그렇게 대했던 것일까, 아니면 고양이의 근성을 테스트하고 싶었던 것일까?

글쎄, 실은 그렇게 망설이고 말고 할 필요가 없었다. 아침마다 커튼을 올리면 울타리 문 위, 눈 속, 어떤 때는 창문 밑 선반에 앉은 고양이가 보였다. 손자들이 창고에서 집으로 이어진 길 위의 눈을 치워놓으면 녀석이 팔짝팔짝 뛰어다녀 거길 '야옹이 길'이라고 불렀다. 한 주가 지나니 이제 우리가 창틀을 건들기만 해도 고양이가 나타났다. 거기 앉아서 우리가 일어날 때까지 기다리는 것일까? 아니면 우리가 움직이기 시작하는 소리를 듣고서 재빨리 자리를 잡는 것일까? 안으로 팔짝 뛰어들어 부엌에 먹이와 우유가 있는지 재빨리 돌아다니며 살핀다. 그랬다. 이제 집 안에서.

어떤 때는 고양이가 바로 달려오지 않았다. 놀랍고 짜증스럽게도 내가 걱정을 다 하게 되었다. 얘가 대체 어딜 갔지? 무슨 일 생겼나? 실망해서 우리를 버렸나? 우리에게, 아니 그보다는 우리 마당과 집에 고양이가 묶인 게 아니라 우리가 나비에게 묶여버렸다.

나는 겨울이 싫다. 남부 스코네 지방 출신이라 영하의 온도와 눈보라 속에서 재밌게 지내는 법을 배우지 못했다.

스케이트도 스키도 내 발에는 안 맞는다. 눈이 오면 길거리 다니기가 거추장스럽고 불편하다고만 느낀다. 눈이 많이 내리고 어두운 겨울날은 참고 견뎌야 할 나날들이니 기분이 아주 즐겁지는 않다. 사람들은 눈이 온 덕분에 세상이 밝아진다고 위로해주고는 한다. 그래, 어느 정도는 그렇다고 인정은 하지만 나는 움직이기만 좋다면 주저 없이 어두운 겨울을 고르겠다. 괜히 심통 부리는 것처럼 들릴지도 모르겠지만 솔직히 나는 새로 내린 눈 위에서 아무리 햇빛이 번쩍인다 해도 안개 자욱하고 포근한 겨울날이 언제나 훨씬 더 좋다.

이제 고양이가 도와주러 온 셈이다. 어느 날 아침 녀석이 여느 때처럼 창턱에 앉아 커다랗고 동그란 눈으로 우리를 바라봤다. 그런데 안으로 들어오려면 뒷걸음질을 치든지 다시 눈 속으로 뛰어들었다가 오른쪽 창문으로 들어와야 했다. 녀석은 쓱 둘러보더니 내키지 않는 얼굴로 눈을 바라보고는 뒷걸음질 치기로 결정했다. 그렇지만 눈 덮인 좁은 창턱을 따라 뒷걸음질하기란 몸놀림이 부드러운 자그마한 고양이에게도 무척 버거운 일이었다. 움직이는 모양새가 너무 우스워 보여서 절로 웃음이 터져 나왔다. 겨울 아침의 우중충하던 기분이 이내 좋아졌다.

물론 고양이랑 지내다 보니 걱정도 조금 생겼는데, 고양이가 우리에게 오지 못하게 하려는 데서 오는 걱정이 아니라, 녀석 덕분에 기쁨이 생긴다는 것을 부인할 수 없는 데서 생기는 걱정이었다. 네가 겨울을 나도록 우리가 도와준다면 너도 우리를 도와야겠지.

말했다시피 그해 겨울은 눈이 많이 내렸고 우리 집 낡은 지붕에 눈이 엄청 쌓여 15년이 된 섬유 강화 시멘트가 슬슬 벗겨지기 시작했다. 한동안 춥고 눈이 오다가 갑자기 날씨가 푹해지면서 지붕이 새기 시작했다. 더 망가지지 않도록 우리는 사다리로 지붕에 올라가 눈을 치워봤다. 일은 힘들었고 지붕 홈통은 온통 딱딱한 얼음이었다. 배수관이 꽁꽁 얼어붙고 커다란 고드름이 달렸다. 우리는 눈을 치우면서 욕을 했는데 고양이는 무척 신이 났다. 녀석은 우리가 지붕에서 일할 때 쓰는 사다리에 올라가기를 좋아했다. 지붕 위로 올라간 고양이를 처음 보았을 때 우리는 녀석이 다시 내려올 땐 어떻게 할지 궁금했다. 너무나도 잘했다. 사뿐사뿐 차근차근 사다리 가로대를 디디며 더할 나위 없이 우아하게 내려왔다. 참 귀여웠다. 아내가 카메라를 쓱 꺼냈다. 우리 작은 나비가 곤경에서 스스로 빠져나올 만큼 무척이나 유연하고 영리하다는 것을 확인하게 되어 뿌듯했다.

우리는 사로잡혔다! 우리의 저항은 무너졌다. 혹은 차라리 부서졌다고 하는 쪽이 낫겠다. 고양이가 이겼다. 내 생각에 녀석도 그렇게 되리라는 것을 알고 있었으리라. 안 그랬다면 그렇게 체계적으로 집요했을 리가 없을 테니까. 나는 말할 것도 없고 아내도 녀석의 유혹에 항복하고 말았다.

남자 동년배 친구 몇몇은 이따금 상당히 어린 여자와 새롭게 사랑에 빠졌다. 다시 사랑에 취해 몸과 마음이 젊어지면 좋겠다는 유혹을 느낀 적이 없다고 말하면 거짓일 것이다. 그렇지만 나는 그럴 여력도 그럴 이유도 없었다. 아내와 나는 서로 너무나도 잘 지냈고 오랫동안 함께 삶을 나눴다. 아내를 잃는다면 어떠한 새로운 열정이 생기더라도 채워지지 않을 것이다. 그러니까 어쩔 수 없이 그리되긴 했지만 이번처럼 고양이와 살짝 사랑에 빠지는 것이 훨씬 더 안전한 일이다.

나비는 애정과 관심을 일깨우고 우리에게 기대면서도 꽤나 믿음을 준다. 고양이에게 느끼는 내 감정 때문에 나도 놀란다. 느닷없이 찾아온 사랑처럼 전혀 예상치 못한 일이었다. 고양이 덕에 내 삶은 무척이나 달라졌다. 전에는 내가 이렇게 되리라고 생각조차 하지 않았다는 것을 인정해야겠다. 우리 딸은 나비 때문에 내가 활력이 넘친다는데 정말 그런 것 같다.

나는 평생 동물에 매혹됐는데 어릴 적 살던 집은 작은 동물원을 꾸밀 만한 공간적인 여유가 있었다. 내 방에는 수족관이 하나 있었고 딱정벌레를 키우는 작은 사육통 하나에다 초록 도마뱀, 테라핀, 풀뱀 두어 마리가 든 꽤 큰 사육장도 하나 있었다. 게다가 새장도 둘 있었다. 하나는 사랑앵무새들이 살고 다른 하나는 금화조, 오색방울새와 다른 작은 새들이 살았다. 밤이 되면 내 생쥐들이 새장 속의 새모이를 먹으러 커튼을 기어오르는 소리가 들리곤 했다. 남들은 밤중에 침실에 생쥐를 놔두면 싫겠지만 나는 그냥 편안했다.

집에서 키우던 개는 검정 중형 푸들이었고 회갈색 얼룩 고양이는 이름이 키시키였다. 이윽고 키시키는 어미인 저랑 무늬가 똑같은 새끼 고양이를 낳았다. 새끼는 우아한 어미보다 훨씬 볼품이 없어서 뭉치 야옹이라고 이름 지었는데 보통은 그냥 뭉치라고 불렀다.

이 동물들을 전부 돌보기란 여간 수고스러운 게 아니었다. 개를 산책시키는 건 별로 힘들지 않았고 아버지나 다른 사람이 나가는 일도 잦았다. 개나 고양이 사료를 걱정한 기억도 없다. 수족관 속 물고기는 건사료를 주고 이따금씩 물벼룩을 사다 넣어주거나 연못에서 잡아다 주기도 했다. 새모이 구하는 일 역시 전혀 힘들지 않았다.

하지만 사육통에서 키우는 동물들의 경우는 훨씬 심각했다. 테라핀은 신선한 녹색 채소를 원했는데 편식을 자주 했다. 도마뱀들은 갓 잡은 지렁이를 좋아했지만 이건 조금만 노력해 정원을 파다 보면 구할 수 있었다. 가장 심각한 건 풀뱀이었다. 이 녀석들은 살아 있는 먹이, 특히 개구리를 좋아했다. 나는 내 작은 사육장을 돌보느라 바쁜 게 좋았고 여동생의 도움도 많이 받았다. 하지만 한계는 있었다.

열여섯인가 열일곱 살 무렵 초가을에 나는 돌이킬 수 없는 결정을 내렸다. 동물들을 보내주기로 한 것이다. 나를 둘러싼 책임에서 벗어나고 싶어서 주말 내내 사육장 동물들을 보내주는 일에 몰두했다. 풀뱀은 아무 문제없이 적당한 곳에 풀어주면 그만이었다. 딱정벌레는 스웨덴 토종 곤충이라 마찬가지로 놓아주면 됐다. 테라핀과 초록 도마뱀은 사육통에 흥미가 있는 생물 선생님의 보호 아래로 옮겨가게 되었다. 선생님은 내 동물이 혹시라도 원래 키우던 더 소중한 동물들에게 병을 옮길까 봐 처음에는 조금 꺼렸다. 하지만 내 처지를 이해하고 결국 마음을 여셨다. 내 동물들을 어떻게 했는지는 나도 모른다. 수족관의 물고기는 '자연스럽게 떠나도록' 내버려두었는데 블루 구라미가 가장 오래 살았다. 새들은 조류에 관심을 가지던 여동생의 방으로 옮겨 간 기억이 나는 것 같다. 개와 고양이들은 가족 모두의 책임이었고 가장 많이 사랑받았다.

결혼을 한다거나 하는 일생일대의 중요한 결정을 내릴 때마다 결과는 보통 성공적이었다. 하지만 이 일을 겪으면서 앞으로 다시는 그 어떤 애완동물도 책임 못 지겠다는 생각이 문득 너무도 뚜렷이 스며들었던 기억이 난다. 그 결심은 거의 육십 년 동안 지켜졌다. 하지만 지금은 나비가 내 앞 책상 옆의 바구니 안에 누워 있다. 그 모습을 보면 어린 시절에 학교 숙제를 할 때면 항상 곁에서 친구가 되어 주었던 고양이들이 떠오른다. 그 고양이들은 책상 전등 밑에 누워 있기를 좋아했는데 거기가 따뜻하고 편안했기 때문이었다.

하지만 애완동물을 절대 안 키우겠다고 굳게 다짐했다고 동물에 흥미를 잃은 것은 아니었다. 난 계속해서 딱정벌레를 수집하고 새를 관찰했다. 동물 키우기보다 훨씬 쉬웠다. 수집함 안에 핀으로 고정된 딱정벌레는 많은 걸 요구하는 법이 없었다. 야생의 새는 알아서 먹고살았다. 나는 여전히 평균적인 스웨덴 사람보다 벌레 이름을 훨씬 더 많이 알고 있으며 아내와 함께 세상 구석구석을 여행할 때마다 새에게 매혹되곤 한다. 하지만 다른 동물에도 크기가 크든

작든 우리는 관심이 있었다.

내 성격은 고양이에게 살짝 영향을 받았을지도 모른다. 키시키인지 뭉치인지가 밤이면 내 침대에 올라와서 눕곤 했다. 그때는 아마도 새장을 치운 뒤라서 쥐도 자연히 없어진 때였을 것이다. 한번은 고양이 중에 한 마리가, 아마도 좀 더 덤벙거리는 딸 고양이가 물이 가득한 욕조로 미끄러져 들어간 적이 있었다. 우리가 꺼내주자 겁에 질리고 흠뻑 젖은 채로 내 방으로 쌩 달아나더니 침대 시트 사이로 파고들었다. 감동적인 순간이었지만 시트를 말리고 다시 침대를 정돈해야 했다.

토요일 저녁에는 숙제가 없으니까 누워서 렌나르트 휠란드가 진행하는 아주 인기 있는 라디오 프로그램인 〈회전목마〉를 듣곤 했는데 이 사람은 후에 우리나라 최초의 텔레비전 스타가 된다. 침대에 고양이가 같이 있으면 안심이 되고 따뜻하고 편안했다. 그래서 앞서 말했듯이 난 '고양이의 존재'에 살짝 영향을 받아 지금의 성격이 되었을 테고 지금 이 고양이가 그걸 가차 없이 이용해 먹고 있다.

어른이 된 뒤에도 내 세계에는 고양이가 있었다. 어머니는 오십 대에 남편을 잃고 항상 개와 고양이 둘 다 키웠다. 원래 사교성 없는 성격이라 주변에서 뭔가 움직이면 안정감도 얻고 좋으셨던 것 같다. 사실 어머니한테는 고양이가 딱 맞았다. 개는 산책을 오래 시켜줘야 해서 어머니 취향이 전혀 아니었다. 고양이는 그냥 거기 있었고 사고 치는 일도 적었다.

그렇지만 어머니의 고양이들은 내게 키시키와 뭉치처럼 가깝게 느껴진 적이 없고 내 여동생의 고양이들과 개들 역시 마찬가지라고 말할 수 있겠다. 쓰다듬고 말을 걸고 녀석들 얘기로 한동안 이야기꽃을 피우는 게 즐겁긴 했지만 속으로는 다른 생각을 했다. '아냐, 난 절대로 개나 고양이를 키우지 않을 거야.' 그 생각은 아주 확고했다. 근데 지금 내 꼴을 보라.

어머니는 곧 대단한 애묘인이 됐다. 한 번에 오직 한 마리씩만 순수 혈통 고양이들을 키우는 것 말고도 도기, 자기, 금속, 종이죽으로 만든 고양이 장식품을 수백 개 수집하셨다. 일부는 벼룩시장에서 구한 잡동사니들이었다. 크리스마스나 생신 때 무슨 선물을 드려야 할지 모르던 자식과 손주들에게 고양이 장식물을 받곤 하셨다. 돈깨나 들여 산 진정한 예술작품들도 있었다. 나는 후자의 것 몇 개를 간직하고 지금 사는 집에서 가장 잘 보이는 장소에 전시해 놓았다. 하지만 어머니의 고양이 대부분은 여기저기 흩어져버렸다. 난 도자기 고양이를 산 적도 없고 앞으로도 안 살 거다. 혹시 또 모르니까 '아마' 그럴 일이 없을 거라고 말해야겠지.

고양잇과 동물의 아름다움, 소심함, 사냥 본능은 언제나 인간을 매혹했기에 예술가들이 사랑하는 모티프였다. 어머니의 다채로운 도기 고양이는 주로 장식용이다. 하지만 고양잇과의 다른 이미지들은 메시지가 훨씬 더 웅장하다.

그 옛날 중동의 폭군들은 자기 모습을 사냥하는 사자로 묘사하기를 좋아했다. 니네베(고대 아시리아의 수도 - 옮긴이) 궁전의 우아한 부조에 왕 중의 왕 아슈르바니팔이 전차 위에 서서 활시위를 당기는 모습이 묘사되었는데, 이미 쏘아진 수많은 화살이 도망치는 동물을 뒤쫓고 있다. 왕이 암사자의 근육질 몸통에 긴 창을 찔러 넣는 모습도 보인다. 죽어가는 짐승은 맹수의 이빨을 드러내고 자신을 찌른 이에게 고개를 돌리고는 분노와 고통의 포효를 한다. 모든 장면은 왕의 사냥 솜씨를 칭송하며 이런 야수를 이겼으니 분명히 힘센 사람이라는 뜻을 담고 있다. 문장(紋章)에 그려지는 동물로 사자는 타의 추종을 불허한다. 수많은 문장과 성문은 이 커다란 고양잇과 동물로 장식된다. 모든 면에서 필요 이상으로 웅장하고 남성성을 뽐낸다.

어쩌면 모든 집고양이의 고향이었을 고대 이집트에서 고양이야말로 정말 중요했으며 대왕의 사자들보다 집에 두기에 어울렸다. 여신 바스트 또는 바스테트는 원래 암사자였다가 시간이 지나면서 집고양이로 변모했다고 한다. 누군가는 이걸 퇴보라고 생각할 수도 있지만 바스테트는 고대 이집트인의 가슴속에서 사랑받은 것으로 보인다. 이 여신의 그림과 동상이 다수이고 일부 그림에서는 한배에서 나온 아기 고양이에게 둘러싸여 있다. 고양이는 항상 생식력으로 유명했고 그래서 임신이 힘든 여성들은 이 여신에게 속내를 털어놓을 이유가 충분했다. 고고학자들은 이 여신의 이름으로 봉헌된 여러 신전에서 고양이 미라 수만 구를 발견했다. 집고양이가 죽으면 가족들은 상실감을 느꼈고 돈이 넉넉히 있으면 집안의 귀염둥이를, 아니면 집안의 수호 여신을 방부 처리해서 '고양이 묘지'에 묻었다.

이집트의 고양이 문화는 매력적인 면이 있다. 고양이는 별다른 잡소리를 안 내는 평화롭고 현실적인 동물이다. 그러면서도 어느 정도 진중함도 갖추었다. 우리 귀여운 나비마저도 집에서 가장 편안한 자리를 잘 찾아내는 면모가 여신답다. 나는 수사자보다 우리 나비를 숭배하는 편이 낫다고 확실히 느끼는데, 사자는 수세기에 걸쳐 지배자들의 자기 자랑에 동원되었지만 자세히 살펴보면 게으르고 겁쟁이에 인간을 죽이고 심지어 자기 자식인 새끼 사자까지 죽이며 암사자가 사냥을 해다 바친 고기로 연명한다.

물론 사자, 표범, 호랑이처럼 커다란 고양잇과는 생각만 해도 몸이 벌벌 떨린다. 사람 고기 맛을 알아버린 호랑이는 자연 속에서 더할 나위 없는 잔인함의 화신이며 아프리카의 밤에 들리는 사자의 포효는 어마어마한 경험이다. 하지만 내가 꿈꾸는 고양잇과는 전혀 다른 종류다. 모든 고양잇과 중에 가장 작으면서 가장 희귀한 녀석이다.

암컷 남아프리카 검은발살쾡이는 몸무게가 우리 나비의 반절로 1.5킬로밖에 안 나간다. 수컷은 조금 더 크다. 검은발살쾡이를 보거나 소리라도 들어본 사람이 굉장히 드문데 바로 이런 점이 상상력을 더욱 자극한다. '검은발'은 밤살이 동물이다. 낮에는 가만히 있지만 밤이 되면 방대한 남아프리카 초원을 살금살금 돌아다니며 들쥐, 메뚜기, 전갈 등 먹잇감을 사냥한다. 인간에게 다가가면 안 된다는 상식을 갖추었고 주체적 성향이 뚜렷하다. 이 작은 동물들 한 마리 한 마리가 드넓은 영역을 가졌고 모든 침입자로부터 그곳을 방어한다. 사자들과 같은 공동생활은 추호의 가능성도 없다. 검은발을 길들이려는 시도는 많았지만 모두 허사로 돌아갔다. 이 작은 고양잇과 동물들은 한없이 귀여워 보일지 몰라도 고독한 맹수의 삶과 본성을 고집스레 지키고 있다.

가끔 우리 고양이에게도 검은발살쾡이와 비슷한 점이 보인다. 발도 닮아서 발바닥이 검정색이고 검은발살쾡이

쪽이 무늬가 더 진하긴 하지만 털색도 거의 비슷하다. 가끔은 나비의 피에 '검은발의 피'가 조금은 섞여 있으리라는 상상이 자연스럽게 나래를 편다. 몸집은 나비의 절반이면서 핏속에는 고양이의 타고난 야생성이 모두 담겨 있다면 정말 신나지 않을까? 지금껏 나는 사자를 여러 마리 보았고 거기에 만족하지만 검은발살쾡이를 보면 분명히 훨씬 더 신이 날 것이다. 아마 평생 보지 못하겠지만.

고양이를 기르면서 내 삶을 돌이켜보니 지금껏 제대로 느끼지 못했던 것이 있었구나 싶다. 나는 고양이들이 항상 곁에 있어서 즐거웠다. 내가 유혹에 금세 넘어가지 않고는 못 배긴다는 것을 고양이들은 늘 알았지 싶다. 나는 고양이와 함께 자랐고 두 여동생 모두 항상 개와 고양이를 길렀으며 내 아들은 개 두 마리가 있고 내 딸은 나비의 예비 엄마라서 즐거워한다. 거리 두기는 다름 아닌 내가 했다. 하지만 나는 결국 고양이와, 다시 말해 작지만 독립적인 집 여신과 함께 살아야 할 운명이었다.

3

고양이의 암수를 감별하려면 상세히 살펴봐야 한다. 수컷의 음경이 특별히 도드라지지 않으니까. 나비를 처음 알게 됐을 때 우리는 수컷인지 암컷인지 확신할 수가 없었다. 수컷이라면 반갑지 않았을 텐데, 거세하지 않은 수컷은 톡 쏘는 냄새의 오줌을 여기저기 뿌리고 다니면서 영역 표시를 하는 불쾌한 습관이 있기 때문이다.

그래서 우린 자세히 보았다. 그동안 우리가 추측했듯 작은 나비는 암컷이었다. 우리와 함께한 지 얼마 안 된 크리스마스 직전에는 심지어 임신이 아닌가도 생각했다. 배가 조금 둥글게 나온 것 같아서 나비가 사랑스러운 새끼들을 낳으면 어떻게 해야 할지도 한참 생각했다. 어미와 갈라놓고 불쌍한 새끼들을 죽이기에는 내 마음이 너무 여리다. 그래도 동네 수의사가 덜 잔혹한 방식으로 새끼들의 목숨을 끊어줄지도 모른다고 생각했다. 새끼들을 모조리 떠안을 길은 없었다. 그건 고려 대상도 아니었다.

하지만 알고 보니 새끼를 밴 게 아니라서 우리는 안도의 한숨을 내쉬었다. 시간이 지나면서 우리 꼬맹이 나비는 배가 납작해지는 것 같았는데 돌아보면 기아 부종을 앓던 게 아닌가 싶다. 단백질을 충분히 섭취하지 않으면 수분이 표면 조직으로 새어 들어가서 배가 둥글게 붓는데 이게 도리어 잘 먹은 것처럼 보인다. 기근이 든 나라 아이들의 배에서 이런 모습을 볼 수 있다. 나비도 우리가 제대로 돌보기 전에는 혹독한 가을과 겨울의 날씨 속에 집 없이 살면서 특히나 먹이를 넉넉하게 즐길 수 없었으니 그리되었을 것이다. 이런 비교는 악취미에 가깝겠지만 인간은 원래 이 모양으로 만들어졌다. 가까이서 일어나는 일에는 마음이 움직이면서도 멀리 떨어진 곳의 일은 그게 좋든 나쁘든 쉽게 눈을 감아버린다.

크리스마스가 지나자 고양이가 우릴 이겼다는 것이 슬슬 드러났다. 고양이는 마음의 결정을 내렸다. 여기 머물기로 했고 이제 이 상황을 어떻게 받아들일지는 우리가 결정할 문제였다. 한 가지는 확실했다. 우린 새끼 고양이를 원하지 않았다. 고양이에게 경구 피임약을 먹이는 일, 특히나 먹이에 대한 확고한 주관이 있는 고양이에게 그러는 것은 성가신 일로 예상됐다. 남은 방법은 중성화뿐이었다. 동네 수의사에게 전화를 걸었다. 암컷 고양이 중성화에 억만금이 들지는 않겠지? 수술은 2월의 어느 월요일 아침으로 잡혔다.

여전히 고양이는 밖에서 밤을 보냈다. 우리는 고양이가 일부는 마당 고양이로 일부는 집고양이로 산다고 공상했다. 그렇게 해서 우리는 자유를 좀 더 지킬 수 있다. 다시 말해서 고양이는 계속 우리 마당의 창고에서 자는 것이다. 이제 바구니는 편안한 침구로 가득하고 날씨는 더 포근해졌다. 고양이는 밖에서 격정의 시간을 보낼 수도 있었다. 하지만 저녁에 밖으로 나갈 시간이 되었을 때 고양이의 열정은 점점 식어갔고, 우리는 고양이가 나갔다가 곧장 다시 뛰어들어 오는 걸 막으려고 침실 창문을 닫아놓아야 했다. 아침에 창문을 열자마자 고양이가 달려들었다.

중성화 전날 밤 우리는 고양이를 실내에 두었다. 몸 상태를 계속 살피고 수술 전 금식을 시켜야 했다. 실내에서 자는 것에 고양이도 반대가 없었다. 아침이 되자 평소처럼 활기찬 모습으로 가구란 가구는 죄다 기어오르고 우리가 쓰다듬어주면 좋아했다. 예절 바르게도 세면기에 뛰어올라 가서 오줌을 눴다. 우리가 식탁 위에 놓은 고양이 이동장에 전에는 관심이 없다가 이번에는 흥미를 나타냈다. 주방을 나갔다가 돌아오니 고양이가 이미 안에 들어가 앉아 있었다. 내가 할 일은 뚜껑을 닫고 잠금 장치를 걸고 차로 옮기는 것뿐이었다. 그리고 우리는 차를 몰고 동물 병원으로 갔다.

나는 지금껏 수의사가 수술하는 것을 한 번도 본 적이

없었다. 분위기가 낯설었다. 사람들은 대형견을 데리고 왔는데 그중 몇 마리는 어디에 왔는지 알아채고는 마치 양호 선생님이 놓아주는 예방 주사 순서를 기다리는 학생처럼 긴장한 듯 보였다. 한 마리는 서글프게 짖어댔고 다른 한 마리는 저울 위에 섰다. 46킬로였다. 우리 나비는 3킬로도 안 나가니까 정말 작아 보였다.

나는 이 요상한 분위기가 영 어색했는데, 그곳은 자기 반려동물을 사랑하는 주인들, 개와 고양이 보험 홍보 책자, 소중한 반려동물을 날씬하고 건강하게 키우라는 조언으로 가득했다. 내가 여기에서 뭘 하는 거지? 다른 반려동물 주인들처럼 나 역시도 곧 반려동물 주인이 된다는 생각이 서서히 찾아왔다. 이 빌어먹을 고양이가 내게 무슨 짓을 한 거야? 게다가 이게 정말 내가 원했던 일인가?

수의사는 사무적이면서 친절했다. 난 이 고양이가 어디서 왔는지 모를 버려진 아이라고 말했다. 의사는 그렇다면 일단 검사를 해서 칩이 없는지, 다른 주인에게 등록된 게 아닌지 확인을 거쳐야 한다고 말했다. 만일 그렇다면 의사는 수술을 못 할 것이다. 여기서 조금 긴장이 됐다. 난 나비를 우리 고양이라 생각하고 있으니 다른 주인에게 보내기는 싫다. 알고 보니 칩이 없었지만 칩을 이식해서 우리 고양이로 등록하여 혹시 잃어버릴 때를 대비해야 한다. 그리고 고양이 전염병과 감기 예방 접종을 시켜야 한다. 얼추 백 크로나(한화 약 1만 4천 원)가 드는데 반대하지는 않는다. 그냥 우리가 서로 꽤 잘 지내고 있고, 나비가 우리 고양이가 되었으니 최대한 건강하게 지냈으면 한다고 어색하게 설명하는 것뿐이다.

언제나 마음속 한편에는 내가 애완동물 임자에 안 어울린다는 생각이 자리하고 있다. 마땅히 고양이 임자가 져야 할 책임을 과연 감당할 수 있을까? 지금 내 모습은 꼭 첫사랑에 빠진 십 대 소년처럼 어찌할 바를 모르는 신세다. 고양이 이름이 뭔지 묻는 수의사에게 나는 그냥 '우리 작은 나비'라 부른다고 머뭇머뭇 답했다. 그렇게 고양이는 이름을 갖게 되었다. 수의사의 진료 기록에는 그냥 '나비'로 적혀 있다. 이제 나비는 제대로 우리에게 등록되었다.

나비를 병원에 놔두고 우리는 새를 구경하러 나섰다. 우리는 검독수리를 즐겨 관찰한다. 뭐라도 해야 한다. 고양이가 수술 받는 동안 집에 가만히 앉아 기다리는 건 좋지 않을 것이다. 새 구경은 편안하고 익숙하다.

오후 2시쯤에 고양이를 데려왔다. 진료비를 내고 그란고르덴 마트(스웨덴 전국 규모 연쇄점 - 옮긴이)에 가서 고양이 화장실과 모래를 샀다. 나비는 이제 최소 일주일은 실내에 있어야 한다. 목에는 수술 부위를 핥지 못하게 커다란 깔때기를 씌웠는데 핥으면 상처가 벌어져 쉽게 감염되기 때문이다. 나비에게는 깔때기가 성가시겠지만 우리는 며칠 지나면 익숙해지고 괜찮아지기를 바랐다.

집에 온 나비는 마취가 여전히 덜 풀린 상태였다. 구부러진 다리로 절뚝거리고 몇 번 살짝 토했다. 거기에 감정 이입이 되기 시작하면서 죄책감이 함께 깨어났다. 고양이는 이런 걸 해달라고 요구한 적이 없지만 우리와 계속 함께 지내려면 꼭 필요한 전제 조건이다. 저녁이 되자 고양이는 몸이 조금 좋아졌고 침실 창가로 힘겹게 뛰어올라 평소 밖을 드나드는 그곳에 가만히 앉아 어둠 속을 내다보고 있다.

서늘한 창고에 놓인 바구니가 그리운 걸까? 지난 몇 주 동안 종종 와서 구애하던 수고양이들이 보고 싶은 걸까? 아니면 그냥 익숙한 장소에 있고 싶은 건지도 모르겠다.

저녁이 되자 나는 피곤하다. 아주 피곤하다. 하지만 마취되고 배가 열린 것은 내가 아니다. 워낙 대단했던 하루라서 난 약간 혼란스러운 정도였다. 고양이 소유주로 등록되어 사실 꽤나 즐겁다. 하지만 난 고양이를 갖겠다고 마음먹은 적이 없다. 그저 내가 처한 상황을 해결하려던 것뿐이다.

이제 내 가족으로 등록된 작은 동물을 좀 더 소개할 때가 된 것 같다. 나비는 작은 고양이로 전에 말했듯이 무게가 3킬로도 안 나간다. 수의사는 암고양이로는 정상이라지만 내가 보기엔 지금껏 만나본 고양이 대부분보다 훨씬 작은 듯싶다. 회갈색으로 얼룩덜룩한 털에는 짙은 줄무늬가 더 있고 배 쪽 털이 좀 더 밝긴 하지만 역시나 회색이다.

좀 더 자세히 알아보려고 인터넷을 검색해보니 이 녀석은 범무늬 고양이 또는 태비 종류였는데 털에 얼룩무늬나 줄무늬가 있는 모든 고양이를 이렇게 부른다. 조금 더 정확히 말해서 이 녀석은 고등어 태비다. 다시 말해서 옆구리에 살짝 구불구불한 짙은 줄무늬가 있다는 뜻이다. 고등어 태비는 일반적인 형태다. 이런 무늬는 우성 유전 기질이 있고 부모 중 한쪽만 이 무늬가 있어도 그쪽이 우세하다. 고양이가 이와 다른 색으로 태어나려면 부모 둘 다 이와 다른 털빛이어야 한다. 간단히 설명된다. 고등어 태비는 살쾡이들이 수천 년 동안 보인 외모와 많이 닮아 있다. 바로 완벽한 위장 무늬다.

나비의 얼굴은 아주 다정하게 생겨 눈이 크고 앞으로 튀어나왔다. 수컷으로 보이는 이웃의 더 큰 고양이들 중 몇몇은 주둥이가 길고 뾰족하지만 나비는 코가 뭉뚝하다. 나비의 귀는 놀랍도록 커다란 세모꼴이고 끝부분에 검은색 털이 확연히 보이는데 거의 스라소니처럼 보일 정도이다. 왼쪽 귀 끝 아주 작은 상처는 딴 고양이와 싸우다가 생긴 듯싶지만 어쩌면 새끼 때 동기들과 서로 어미젖을 차지하려고 다투다가 다친 것일지도 모른다.

나비는 발이 큰데 발가락 사이의 털이 새카맣다. 앞발을 단정하게 모으고 앉으면 발가락 사이사이에 또렷한 검은선이 보인다. 혹여 이 아름다운 외모에 결점이 있다면 그건 바로 꼬리일 텐데 어지간히 짧다. 꼬리라고는 나무 밑동마냥 뭉뚝한 맹크스고양이만큼은 아니지만 더 길 수도 있었겠다 싶다. 하지만 달리 보면 나비의 꼬리는 그 자체로 꼭 알맞고 완벽하다. 발걸음을 뗄 때면 꼬리를 쳐들고 요염하게 흔들고 가만히 앉아 있을 때면 자기 몸에 점잖게 감아 놓는다. 가끔은 네 발로 꼬리를 움켜쥐고서 그 끝을 열심히 핥기도 한다. 꼬리 위쪽에는 짙은 색 세모 무늬가 다섯 개 있다.

수술을 받은 뒤로 나비는 우리 침대에서 잠을 잔다. 밤에 어느 순간이 되면 나비는 바닥에 있는 담요로 자리를 옮긴다. 난 화장실에 가려고 깼다가 나비를 거의 밟을 뻔하고 침대로 다시 올려준다. 나비는 이리저리 파고들어서 우리 머리가 있는 쪽으로 온다. 결국에는 나비 몸 위로 내 팔을 얹어서 가만히 있게 한다. 나비는 내 뺨에 코를 갖다 대고 살짝 핥아주고는 눈을 감는다. 자다가 몸이라도 뒤척이면 나비도 다시 깨서 내 뺨에 털 달린 소포 꾸러미처럼 안착을 하니 나도 편안히 눕기가 힘들다. 달갑지 않은 깔때기가 내 뺨에 와서 닿지만 거기에 귀를 대보면 나비의 골골송이 들려온다.

고양이는 왜 골골댈까? 어떻게 하는 걸까? 고양잇과 동물은 모두 그르렁거릴까? 호랑이가 그르렁댄다면 그 소리는 마치 콘크리트 벽을 억지로 밀고 들어가는 전기 드릴 같겠지. 이런 게 궁금해진 것은 처음이라 자연사에 해박한 친구에게 물어보았다. 그 친구가 내 질문을 누구에게 전하는가 싶더니 결국 나는 라디오 프로그램에 동물학 교수와 함께 나가게 되었고, 그곳에선 내 질문들에 상냥하게 대답해주려 했다. 프로그램이 끝날 때 교수가 건네준 과학 논문에서는 독일 연구자가 다른 연구자들의 참고문헌도 주렁주렁 꼼꼼하게 달면서 고양잇과 및 여타 동물들의 그르렁 소리를 과학적으로 밝히고 있다. 그렇다. 이를테면 오소리 같은 동물들도 골골송을 부를 수 있다는 비교적 믿을 만한 기록이 있다.

과학은 뭔가 대단히 멋진 점이 있다. 아무리 하잘것없어

보이는 질문이라도 언제나 누군가는 가장 진지한 자세로 훌륭한 과학이 요구하는 철저한 조사를 통해 해답을 알아내려 한다.

과학이 밝혀냈듯이 고양이는 성대에 작은 주름이 여럿 있다. 그르렁거릴 때 바로 이곳이 진동한다. 이 소리는 숨을 들이마시고 내쉴 때 모두 낼 수 있는데 마치 바이올린 연주자가 활을 올리고 내릴 때 모두 소리를 내는 것과 같다. 유심히 들어보면 호흡의 방향이 바뀔 때 그르렁 소리가 잠시 멈추는 걸 느낄 수 있다. 가르랑거림은 소리만이 아니라 온몸의 떨림이다.

편안하다는 것을 온몸으로 보여주는 이 행위는 긴장이 싹 풀린 상태를 의미한다. 하지만 알고 보면 골골송도 어느 정도의 에너지를 소모한다. 고양이가 가르랑거릴 때면 신진대사가 살짝 빨라진다. 자연은 쓸데없이 에너지를 낭비하지 않는데 자연 도태를 보면 알 수 있다. 그러니까 골골송은 반드시 그 기능이 있다.

가르랑대는 소리는 그다지 멀리까지 가지 않아 잘해야 몇 미터다. 골골송은 신중한 울음소리로 가까움과 친근함의 신호다. 이 진동은 몸이 직접 닿아 있어야 가장 잘 느껴지기 때문에 마찬가지로 가까움이 필요하다는 점이 재미있다.

가르랑 소리를 들으면 긴장이 풀리고 마음이 평화로워진다. 나비 역시 기분이 좋아 보이는데 우리가 쓰다듬어줄 때면 아양 떨듯 몸을 비비 꼬기도 한다. 하지만 누구도 집고양이의 아프리카 야생 조상을 쓰다듬어보지 못했을 테니까 인간 주인이 즐거우라고 가르랑댈 리는 없다. 고양잇과 야생 동물들은 어떨까? 언제 그르렁거릴까? 글쎄, 이건 많은 면에서 비밀이다. 눈에 띄는 행동적 특성이 아니고 숨어 있을 때 가르랑대므로 굉장히 가까이 가야만 한다. 이게 언제나 아주 쉬운 일은 아니다. 만일 꽤 큰 동물이라면 위험할 수도 있다. 세상에서 가장 열성적인 연구자라 할지라도 호랑이 그르렁 소리를 확인한답시고 몰래 다가가지는 못할 것이다.

그럼에도 우리가 아는 게 있다. 암고양이는 짝짓기를 할 때 확실히 그르렁거린다. 새끼를 낳을 때도 그르렁거리는데 이건 좀 더 주목할 만하다. 고양이는 사람에 비해 새끼

낳기가 더 수월하다지만 어쨌거나 출산은 힘겨운 일이다. 그리고 이미 말했듯이 골골송은 약간의 에너지를 사용한다. 새끼 고양이는 세상에 나오자마자 그르렁댄다. 새끼가 젖을 빨 때면 새끼와 어미 둘 다 그르렁거린다. 어미 고양이와 갓 태어난 새끼 고양이들은 골골송으로 하나가 되어 체온과 서로의 존재를 나누며 우주를 진동시킨다. 실제로도 아주 편안해 보인다.

고양이 가르랑 소리는 마치 사람이 걸어가면서 혼자 흥얼거리는 것처럼 잘 지내고 있다는 신호라고 생각하곤 한다. 물론 이와 달리 골골송의 목적이 좀 더 확실할 때가 있다. 친밀함의 호소일 수도 있고 자신에게 공감하고 도와달라는 신호일 수도 있다. 다친 동물들이 수의사에게 치료를 받을 때 그르렁대는 경우가 있는데 이것은 편안하고 마음이 놓이는 상황과는 거리가 멀다. 그르렁대는 고양이는 친밀한 분위기를 만들려는 걸 수도 있는데 아주 틀린 생각은 아니다. 나비가 수술 받은 날 밤에 그 끔찍한 깔때기를 내 얼굴에 갖다 대는 바람에 외려 기분이 좋았다.

나비가 내 침대 위 머리맡에 누워 있을 때면 녀석이 호랑이가 아니라서 다행이다. 호랑이는 아마 그르렁대지 않을 테고 사자나 표범도 마찬가지일 거다. 하지만 스라소니는 확실히 그르렁대는데 최소한 다 큰 녀석은 그렇다. 퓨마도 그르렁대는데 새끼와 다 자란 녀석 둘 다 그렇다. 발이 빠른 치타도 똑같다. 녀석의 골골송은 소리가 워낙 커서 50미터 거리에서도 들을 수 있다. 남아프리카 검은발살쾡이는 보기조차 힘들고 수줍음을 타서 확실히 알 수 없다. 하지만 내가 본 사진들에서는 우리 집 고양이랑 놀랄 만큼 닮았으니까 분명 그르렁대리라고 생각한다. 게다가 최신 연구도 동의하는 듯하다.

수술하고 며칠 뒤 우리 귀여운 나비는 의기소침하다. 더 나은 표현은 안 떠오른다. 녀석은 머리에 깔때기를 낀 채로 멍하니 왔다 갔다 한다. 별반 많이 먹거나 마시지도 않고 건성으로 깔때기를 벗겨보려 하고 창틀 위에 앉아 바깥을 내다본다. 전에는 항상 우리를 기분 좋게 해주었지만 이제는 녀석을 보는 우리 기운이 다 빠질 지경이다. 녀석은 예전 모습의 파편일 뿐이다. 우리가 애정을 느낀 발랄하고 재

빠르며 호기심 많고 장난기 많은 그 고양이 말이다.

하지만 수술하고 사흘이 막 지나자 녀석은 좀 더 활달해졌다. 활기를 띤 눈으로 주위를 둘러보고 몸을 비비 꼬아서 깔때기를 벗기까지 한다. 기쁨에 가득 찬 녀석은 곧장 앞발을 핥고 세수를 한다. 녀석이 밥을 먹을 때는 깔때기가 불편하니까 벗겨줘도 될 것 같다. 나비가 밥을 먹으려고 몸을 숙이면 깔때기 가장자리가 접시를 밀어버리고 만다. 우리가 코앞에 먹을 걸 들고 있어도 보지만 나비 입장에서는 너무 복잡하다. 나는 고양이 간병인 노릇에 능숙하지 못하지만 그게 지금 내 신세이고 내게 결정권은 없다.

머지않아 우리는 나비가 수술 상처에 전혀 신경을 안 쓰는 걸 알게 되었다. 털을 깨끗이 하느라 자기 몸을 핥는데 수술 절개 부위는 수의사가 털을 다 밀어 핥을 것이 없다. 깔때기를 벗기고 몇 시간 걸어 다니게 했더니 평소의 날쌘 모습으로 돌아왔다. 집 안을 돌아다니고 창틀에 앉아 새를 구경하고 공이랑 땅콩을 가지고 놀며 골골골, 골골골, 골골송을 부른다. 우리 셋 다 더 행복해졌고 수의사의 지시는 어기기로 했다.

열흘이 지나고 검진을 받을 때가 되었다. 수의사는 깔때기를 보름 동안 착용시키라고 했지만 우리는 지난주에 차츰 깔때기 없이 지내도록 허락해주었다. 아침마다 마당에도 내보냈다. 수술 부위를 계속 지켜봤는데 말끔하게 나았다. 실밥만 몇 바늘 제거하면 된다.

동물 병원 가는 일은 나비에게 고역이다. 이동장에 넣기는 어렵지 않은데 차로 이동하는 걸 안 좋아한다. 절반쯤 가면 엄청나게 야옹거리기 시작한다. 배설물 냄새가 차를 가득 채운다. 나비가 똥을 눈 것이다. 이동장 바닥에 깔아 둔 담요 위에 기다란 소시지 같은 응가가 있다. 한술 더 떠 녀석이 몸에 그걸 묻힐 위험까지 불사하는데 고양이는 웬만해선 안 그런다. 수술 상처 실밥 제거는 별일 아니지만 집으로 돌아오는 길에 그 일이 또 생긴다. 이번에는 훨씬 더 엉망이 되지만 어찌어찌 제 몸 더럽히기는 면했다. 오는 도중에 나비를 이동장에서 꺼내주었고 — 경찰은 아마 별로 안 좋아하겠지 — 도착하자마자 나비를 안고 집 안으로 들어갔다. 몸을 비트는 녀석을 살짝 힘을 주어서 꼭 붙들었는데 패닉에 빠져 도로로 뛰어들까 봐 그랬다. 집에 들어가서 녀석을 놓아주었고 녀석은 곧장 자기가 가장 좋아하는 장소인 내 침대 바로 옆, 내 아내 침대의 발치로 달려갔다. 거기서 녀석은 몸을 둥글게 말고 잠이 든다. 몇 시간 지나면 밥을 조금 먹고 세상을 탐험할 준비가 된다.

중성화 이후 나비가 밤에 우리 침대에서 자는 게 일상이 되었다. 막 수술을 마친 고양이를 마당에 있는 창고에서 자게 할 수가 없었고 녀석도 기쁜 마음으로 더욱 편안해진 잠자리를 이용했다. 고양이들은 엄청난 참을성을 발휘할 준비가 돼 있다. 하지만 괜찮은 것과 더 나은 것 중에 고르라면 그들은 더 나은 쪽을 선택한다. 당연히 침실의 따뜻함이 창고에서 보내는 3월의 싸늘한 밤보다 낫다. 그래서 녀석은 지금 내 아내 침대에 누워 있다. 아내와 고양이 둘 다 그런 배치가 정말 마음에 드나 보다.

아침에 나비가 우리 얼굴 가까이 다가와 내 뺨을 핥고 골골송을 부를 때면 나는 어미와 새끼 고양이들이 꼭 붙어 누워서 그르렁거리며 단란하게 지내는 모습을 상상한다. 중성화된 나비는 앞으로 그런 경험을 못 할 것이다. 하지만 나도 나비에게 골골송을 불러주어서 나비가 내게 보여주는 편안한 친밀감에 똑같이 응답하고 싶은 충동을 느낀다. 잠시 슬쩍 그르렁대 보는 나의 성대에는 그 유용한 주름이 없기에 주로 코 고는 소리만 날 뿐이다. 즐거울 때 내는 소리를 흉내 내려는 내 어색한 노력을 나비도 이해하지 못하는 것 같다. 그런 식으로 마음이 통하지는 않는다.

4

우리 귀여운 나비가 사라졌다.

밤에는 내 침대에서 잤다. 새벽 4시에 화장실에 가면서 창문을 열었는데 나비가 그 기회를 틈타 밖으로 나간 것이다. 한 시간쯤 뒤에 우리 머리맡으로 돌아와서 킁킁거리며 냄새를 맡고 그르렁댔다. 나비는 최근에 이렇게 해왔고 우린 이것이 꽤나 즐거웠다. 나비를 쓰다듬으면 나비는 머지않아 또 밖으로 나가는데 밤과 새벽은 나비가 가장 활기찬 시간이다. 우리는 다시 잠이 들었고 그 뒤로는 나비를 보지 못했다. 쓸쓸한 기분이다.

아내와 마당에서 아침을 먹을 때 벌써 뭔가 잘못된 기분이 들었다. 나비는 우리가 나와 있는 걸 좋아하고 늘 곁에 있곤 하는데, 아주 가까이는 아니지만 우리를 지켜볼 만큼은 가까이 있다. 하지만 오늘은 그 자리에 없었다. 좀 이따가 아름다운 봄 날씨 속에 산책을 할 적에도 사방에 피어 하루가 다르게 크는 꽃들을 제대로 즐길 수가 없었다. 어쩌면 나비를 다시는 못 볼지도 모른다는 생각이 들었다. 하루가 지나고 이 글을 쓰는 지금도 여전히 돌아오지 않고 있다.

어제는 온종일 상실감에 사로잡혀 있었다. 고양이가 자주 있던 곳들은 텅 비어 있다. 고양이 밥은 접시 위에 그대로 남아 있었다. 스톡홀름에 사는 우리 아들, 며느리, 손주들이 부활절이라고 찾아왔다가 점심때 돌아갔다. 함께 왔던 '백 살 먹은' 개들도 가고 나니 텅 비어 있다는 느낌이 나를 훨씬 더 세게 눌러왔다. 아내와 나는 우리 나비를 찾아서 정처 없이 동네를 걸어 다녔다. 하지만 나비는 보이지 않았다.

오후에는 누이와 매제가 자식들과 손주들을 데리고 찾아왔다. 그들은 쾌활하고 부산했고 이맘때 최고로 아름다운 우리 정원에 열렬한 반응을 보였는데 만남이 끝나갈 때쯤엔 분위기가 조금 무거워졌다. 소문으로만 듣던 나비를 볼 기대에 부풀어 있었는데 보여줄 고양이가 없었다. 몇 시간 뒤 다들 떠나자 텅 빈 느낌이 또다시 내려앉았다.

나비가 갑자기 사라져버리자 내가 받은 타격이 상상보다 컸다. 갑작스러운 무력감에 나도 모르는 사이에 생기를 잃어버렸다. 박새가 삐악 삐악 삐악 울면 "나비야, 나비야, 나비야!" 부르는 소리처럼 들렸다. 밤중에 아내와 나는 둘 다 나비가 창문으로 뛰어들어 오는 꿈을 꾸었지만 그건 꿈일 뿐이었다. 아침에 일어나 밥을 먹으려고 냉장고를 열었을 때 값비싼 참치 살 무스 캔이 열린 채 자리를 차지하고 있었다. 하지만 이 맛있는 사료를 줄 고양이가 없었다.

나비를 알고 지낸 지가 사실 그렇게 길지 않다는 점을 스스로에게 상기시키려고 노력한다. 처음에는 거리를 두려고 했다지만 이 작은 동물은 확실히 우리 삶 속으로 들어와 자연스러운 일상이 되어버렸다. 지금이야 지난 24시간 동안 나비를 보지 못해 걱정하고 있지만, 불과 몇 달 전만 해도 우리는 더할 나위 없이 편안하게 지냈는데 말이다. 지난 여섯 달 동안 나비는 나를 휘저어놓고 지금 마주하기 힘겨운 이 깊은 감정 속으로 나를 밀어 넣었다. 지난 24시간 동안 푹 젖어 있는 이 공허감 역시 나비가 만들어놓은 것이다. 조금 이상하게 들릴지는 몰라도 그게 내 솔직한 기분이다.

나는 큰 어려움 없이 살아오긴 했지만 남들과 마찬가지로 큰 슬픔을 두어 번 겪었다. 아버지가 너무 일찍 돌아가시고 겨우 몇 주 뒤에 우리가 아이를 가진 걸 알게 되었는데, 아버지가 계셨다면 그 아이 때문에 굉장히 기뻐하셨을 것이다. 거의 40년이 지난 뒤에 어머니는 노화의 안개 속에서 빠져나와 더 밝은 추억의 섬으로 떠나셨고 난 안도감과 슬픔이 뒤섞인 감정을 느꼈다. 부모님이 돌아가셨을 때 느낀 슬픔은 고양이 한 마리에게 느끼는 감정에 비하면 더 깊고 더 강력하다. 하지만 그러한 감정은 대개 좀 더 용인이 되며 누구든 그런 감정은 당연하고도 진지하게 여긴다. 반면 고작 반년 알고 지낸 고양이 한 마리가 이틀 안 보여 그립다면 한심한 노인 양반이나 누릴 작은 특권처럼 보인다. 나는 아내와 자식들과 손주들이 있다. 친구들이 있고 내 삶에 활력을 주는 일도 있다. 이봐! 고양이가 꼭 필요하면 한 마리 또 구하면 되잖아.

비록 내가 나비를 다시 볼 수 있을까 생각하며 지친 발걸음을 옮기고 있기는 하지만 그와 동시에 만약 나비가 영영 내 삶에서 사라져버린다면 그것도 안심이라는 생각이 드는 걸 부인할 수가 없다. 난 고양이를 키우고 싶다고 한 적도 없고 이제 그 고양이도 떠나버렸다. 책임에서 자유로워졌다. 어쩌면 행복한 사랑 이야기란 양쪽 모두 그동안 함께했던 시간에 고마워하며 서로에게 자유라는 선물을 주는 것인지도 모른다. 이렇게 생각하며 스스로 위로해 봐도 상실감은 계속 그 자리에 있다. 마음을 갉아먹으면서.

이런 의문이 자연히 떠오른다. 나비는 왜 떠난 걸까? 집에 왔던 개들이 해답의 일부가 될 수 있겠지만 개들은 늙고 지쳐 있고 누굴 괴롭히지도 않는다. 어릴 적에 가장 작고 사납던 녀석은 고양이 뒤쫓기를 좋아했다. 하지만 그것도 다 옛날 일이라 이제 반은 장님에 반은 귀머거리 신세로 주인 무릎에 웅크리고 앉아 있기를 더 좋아한다. 더 큰 놈은 세상에서 가장 무해한 성격이며 사실 좀 겁쟁이다. 토끼를 두어 번 쫓으면 만족하는데 그냥 뛰기만 해도 너무나 행복하기 때문이다. 하지만 고양이를 쫓는다? 말도 안 되는 소리! 나비가 등을 둥글게 말고 하악질을 하면 놈은 바로 물러난다. 물론 나비 입장에서는 그 개들이 그 자리에 있을 필요가 전혀 없었으니 돌아온다고 쳐도 보고 싶지는 않을 것이다.

어쩌면 날씨야말로 나비가 떠난 그럴싸한 이유일지 모르겠다. 나비가 우리에게 왔을 때는 날씨가 정말 끔찍했다. 눈이 내리고 춥고 살을 에는 바람이 불었다. 우리의 작은 보살핌이 기분 좋았을 테고 어쩌면 나비에게는 생사가 걸린 문제였을지도 모른다. 물론 그런 상황에서라면 우리에게 붙어 있어야만 했을 것이다.

그러나 최근에 날씨가 아주 좋아진 데다가 중성화 수술

을 받은 암고양이라도 봄날을 만끽할 수는 있는 것이다. 그러니까 생식샘과 성호르몬 분비가 사라진 지 겨우 몇 달뿐이지 않은가. 나비는 요즘 들어 밖에 나가 있기를 좋아했다. 마치 십 대 아이처럼 밥 먹을 때와 잘 때만 집에 들어왔다. 밥그릇에 뛰어들어서는 배불리 먹고 문 앞에 앉아서 다시 밖으로 나가기만을 기다리곤 했다. 밤에 나비가 집에 들어오면 우리는 창문을 닫아서 밖에 나가지 못하게 했다. 나비는 창가에 앉아 아쉬운 듯이 한동안 창밖을 내다보다가 곧 체념하고는 우리 두 사람의 침대 중 하나에서 몸을 둥글게 말고 잠이 들었다. 하지만 봄밤의 시원한 공기가 들어오게 하려고 침실 창문을 여는 순간 나비는 밖으로 뛰쳐나갔다.

어쩌면 나비는 그동안 갇혀 산다고 느끼다가 이제 모험을 떠났는지도 모르겠다. 발이 이끄는 대로 돌아다니고 내일 일은 내일 걱정하자며 새로운 발견을 할 수 있는 곳으로 나갔나 보다. 이제 고양이가 지내기에 알맞은 날씨가 되었으니까 언제고 아무 데서나 자면 되고 이틀쯤은 밥을 안 먹어도 버틸 수 있다. 어쩌면 배 속이 비거나 비가 쏟아져 내리면 돌아올지도 모른다. 그때가 되면 인간의 측은지심에 기대어 돌아올 수도 있을 것이다. 난 이런 상상을 하게 된다. 그러면 상실감이 누그러드니까. 나비는 바라던 대로 우릴 떠나 잘 지낸다고. 이렇게 말하고 보니 우리가 그렇게 돌봐줬는데도 흔적도 없이 사라져버려 좀 뻔뻔해 보이기도 했다.

불안한 건 나비한테 무슨 일이 생겼으면 어쩌나 하는 것이다. 잘 알지도 못하는 구석구석을 탐험하길 좋아하기 때문에 어느 지하실의 열린 창문으로 들어갔다가 나중에 문이 닫혔다거나 궁지에 몰렸다거나 할 수도 있다. 뭘 잘못 주워 먹고 아픈 건 아닐까? 아니면 정말 떠올리고 싶지도 않지만 또 다른 사람이 나비를 자기네 집고양이로 입양했을지도 모른다. 나비는 목걸이나 이미 누군가의 고양이라는 표시가 없다. 수의사가 중성화 수술을 하면서 나비의 목에 삽입한 작은 칩을 알아차릴 사람은 없을 것이다.

어쩌면 누가 나비를 그냥 데려갔거나 우리 집보다 더 부드러운 침대와 더욱 맛있는 산해진미로 꼬드겼는지도 모른다. 고양이는 충직하지가 않으니까 가장 좋은 영역, 가장

자애로운 주인이 사는 집을 선택하는 것이다. 우리가 나비에게 밥과 잠자리를 줬으니까 나비도 우리에게 '편안한 느낌을 주는 서비스'로 보답해야 마땅하다고 생각하지만, 고양이는 그런 의무감이 없다. 우리가 더 나비에게 구속감을 느꼈던 것 같다.

친구와 친지들이 부활절 주말 잘 보냈느냐며 전화했을 때 우리가 답했다. "잘 지냈지, 고마워. 근데 고양이가 사라졌어." 다들 우리를 달래주었다. 고양이는 원래 그래. 적어도 봄에는 그래. 고양이는 자유가 필요해서 '무민' 시리즈에 나오는 스너프킨처럼 목적 없이 떠돌아다니거든. 조금 지나면 처음 떠났던 때처럼 행복한 상태로 돌아와서 아무 일 없었다는 듯이 편안하게 지낼 거야. 위로는 고맙지만 믿지는 않는다.

나비가 떠나고 두 밤이 지났을 때 우리는, 아니 적어도 상황을 어둡게 보는 경향이 있는 나는 나비를 다시는 볼 수 없으리라 확신했다. 나비 밥그릇은 주방에서 자리를 차지할뿐더러 보고 있기도 괴로워서 치웠다. 나비가 없다는 사실을 너무 확실히 보여주니까. 고양이 사료도 갖다버리고 싶은데 아내가 막는다. 잠시만 기다려보자고, 쓸 곳이 있을지 모른다고 아내는 말한다. 그리고 평소처럼 아내가 확실히 옳았다.

사흘째 밤 나비가 다시 나타난다. 막 잠자리에 들려는데 익숙한 소리가 나면서 나비가 창문으로 뛰어오른다. 밝은 밤하늘을 훑어보니 나비의 세모난 귀와 높이 솟은 짧은 꼬리가 보인다. 곧 바닥으로 쿵 하고 내려오는 작은 소리가 난다. "나비다!" 내가 외치고 우리 둘 다 서둘러 침대에서 나온다. 우리 나비를 어루만진다. 나비 입장에서는 적당히 흥미로운 일이다. 그러고는 밥을 먹이기로 하는데 이건 아까와 달리 굉장히 흥미로운 일일 것이다. 밥그릇이 다시 밖으로 나오고 집에서 가장 좋은 음식으로 채워진다. 우유에는 크림을 섞어 준다. 나비의 식욕에는 열정이 담겨 있다. 고양이는 굉장히 합리적인 생명체인 반면, 감정에 잘 휘둘리는 성격인 나는 사서 고생이다.

우리는 창문을 닫는다. 사실 창문을 닫고 자기에는 날이 너무 따뜻하지만 나비가 이제 겨우 돌아왔는데 또 나갈 생각은 하지 않았으면 싶다. 나비는 막힌 출구를 금방 인식하지만 굳이 나가겠다고 조르지 않는다. 그 대신에 우리와의 접촉을 더 우선시한다. 잠에서 깨서 화장실에 가려는데 나비가 가르랑대며 고집스럽게 제 몸으로 내 두 다리를 감싸는 바람에 걷기가 힘들 정도다. 나비는 우리 침대에 기어오른다. 우리 얼굴에 닿을 방법을 끊임없이 찾으면서. 머리 부비기, 핥기, 골골송 부르기. 이따금씩 몸을 둥글게 말고 잠을 청하려 하지만 아주 작은 움직임에도 나비는 다시 깨어난다. 불안한 밤이었지만 우리 셋 모두 아주 만족스러웠다고 생각한다. 나비가 애착을 보인다. 물론 자기 수준에서다.

아침에 우리는 창문을 연다. 나비는 한동안 밖에 나가 있었지만 곧 돌아온다. 차가운 편북풍이 불어서 일주일 만에 처음으로 아침 식사를 집 안에서 한다. 나비는 창문을 들락거린다. 여기저기 검사하며 돌아다닌다. 개들이 사라졌다는 걸 직접 확인하고 싶은 걸까? 내가 뭘 알겠는가.

나비가 사라지자마자 우리는 나비의 예비 주인인 딸과

얘기했다. 남들과 마찬가지로 딸 역시 나비가 배를 곯고 날씨가 사나워지면 아마도 문제가 해결될 거라고 말했다. 그렇지만 사흘이 되도록 고양이가 돌아오지 않자 딸은 자기 아들들에게 할아버지 댁 고양이가 사라졌다고 말했다. 둘 다 슬픔에 잠겼다. 나비의 절친인 열 살짜리는 용감하게 말하기를, 가끔 고양이들은 며칠씩 안 보이다가 다시 돌아온다고 했다. 하지만 밤이 되자 울음을 터뜨렸는데 자기 할아버지처럼 최악의 상황이 너무나 쉽게 상상이 가기 때문이었다.

어린아이들이 있는 집에 밤 11시에 전화해서 고양이가 돌아왔다고 알릴 수는 없으니까 아침에 일어났을 시간이 되자마자 전화를 걸었다. 손자가 전화를 받았고 나는 나비가 집에 돌아왔다고 말했다. 아이는 굉장히 기뻐했다. "나비가 돌아왔대요!" 부모에게 외치는 소리가 들렸다. 이제 막 학교에 가려던 참인데 오후 수업이 끝나자마자 우리 집에 들르기로 했다.

나중에 딸이 말하길 그 전날 밤에 아이가 나비가 돌아오게 해달라고 하느님께 기도를 했단다. 아이는 아침에 전화

벨 소리가 들리자 말했다. "고양이가 돌아왔다는 할아버지 전화라면 좋겠어요."

저녁이 되고 모든 일은 순리대로 흘러간다. 나비는 바람을 쐬러 나갔다가 우리가 잠자리에 들 때쯤 들어왔다. 주인 할머니의 침대에서 몸을 둥글게 웅크리고 잠을 청했다. 나비를 볼 수 있을 거라는 희망을 버리자마자 나비가 돌아와 주어서 굉장히 안심이 됐다.

3킬로도 안 나가는 이렇게 작은 생명이 어떻게 내게 이런 안정감을 불어넣는 걸까? 나는 나비보다 훨씬 더 힘이 세고 마음만 먹으면 언제든지 손쉽게 이 녀석을 망가뜨릴 수 있다. 나비는 나를 능가할 그런 힘이 없다. 나비가 내게 보이는 신뢰가 그렇게 중요한 걸까? 내가 보여준 자비심과 호감을 나비는 고맙게 받아들인다. 똑같이 무력한 아기들도 부모에게 비슷한 감정을 불러일으킨다.

페르시아나 샴 고양이, 러시안 블루 같은 순수 혈통을 얻으려고 큰돈을 쏟아붓는 사람이 많다. 나비는 꼭 선물 같은 기분이다. 기대하지도 않은 상태에서 우리 삶의 일부가 되었고 우리는 돈 한 푼 내지 않고 나비를 얻었다. 며칠 사라졌다가 돌아온 뒤로 그 어느 때보다도 기분이 좋다. 고양이는 멋대로 행동하면서도 일관성이 있으며 자유로이 선택한다. 그리고 아무런 타당한 이유는 없지만, 우리가 선택받아 조금은 뿌듯하다.

어쩌면 나비 덕에 교훈을 얻었을지도 모른다. 우리는 녀석을 믿어야 한다. 자유의지로 머무르는 게 아니라면 난 싫다. 우리와 함께 있는 게 더 좋다면 머무를 테고 다른 곳에서 살고 싶다면 떠날 것이다. 나비는 스스로 삶을 선택해야 하고 우리는 친절한 태도를 지키면서 함께 지내고 싶다는 것을 보여주면 그만이다. 말로는 충분히 합리적인 이야기 같지만 다들 잘 알다시피 이건 이성의 문제가 아니다. 통제하려 들지 않고 나비가 어디에 있는지 확인하지 않기란 사실 내게 어려운 일이다. 우리는 연락처가 적힌 목걸이를 달아주었다. 없는 편이 확실히 더 예쁘지만 임자가 있음을 보여주고 싶다.

라디오에서 들었는데 제인 구달은 침팬지들을 사랑하지만 아무리 가까워지더라도 보답을 받지는 못한다고 한다.

기껏해야 믿음을 얻을 뿐이다. 그런 일이 있을 때마다 구달은 엄청난 명예를 얻은 듯 자랑스러워하고 만족스러워한다. 내 생각에 나비도 똑같아서 우리는 사랑을 돌려받지 못한다. 나비는 천천히 우리를 믿기 시작했지만 우리는 또 그만큼 나비를 믿지 않는다. 어느 화창한 날에 나비는 다시 사라질지 모르고 그러면 우리는 상실감과 고양이 특식으로 가득 찬 냉장고만 끌어안은 채 남겨질 것이다. 그저 이 순간만은 나비가 돌아와서 마냥 기쁠 뿐이다.

5

나비는 놀기를 좋아해서 언제나 사냥 놀이를 한다. 봄에 우리 부부는 보통 화단의 잡초를 뽑는다. 겨울에 새들이 혹시 안에 남아 있을지 모르는 씨앗을 먹을 수 있도록 오래된 열매 깍지들을 놔두는데, 봄이 오면 그걸 떼어낸다. 절굿대의 겨울 줄기는 키가 꽤 큰데 그 꼭대기에 작은 공처럼 생긴 열매 깍지가 있다. 나비는 그걸 좋아한다. 내가 줄기를 구부러뜨려서 땅 위로 질질 끌면 그걸 쫓아다니려 한다. 한자리에 서서 절굿대를 주위로 빙빙 돌리기만 하면 나비가 행동을 개시한다. 그러면 나비는 운동 한번 제대로 하는 반면 나는 그냥 어질어질해질 뿐이다.

이런 종류의 사냥 놀이는 보통 나비가 사냥감을 향해 돌진한 후 공중제비를 돌며 끝이 난다. 너무 웃긴 모습이라 나는 웃음을 터뜨리고 만다. 하지만 나비는 놀림당한 줄도 모르고 차분히 그 자리에 누워서는 때려눕혀 정복한 열매깍지를 잘근잘근 씹어댄다.

겨우내 재미없는 날씨였다. 바람 불고 비가 내리고 어떤 때는 진눈깨비도 섞여서 내렸다. 고양이와 인간은 날씨를 보는 시각이 비슷해서 우리가 싫어하는 날씨는 나비의 취향에도 그다지 맞지 않는다. 개 주인은 비가 오나 눈이 오나 개를 산책시켜야 한다. 그게 아마도 개의 건강에 좋겠지만 나비와 우리 내외는 천성이 느긋해 따뜻한 집에서 뒹구는 쪽이 더 좋다. 나비는 주로 잠을 자고 이따금씩 에너지를 분출하기에 적당한 물건이나 깔개 가장자리를 공격한다. 나비가 심심한가 하는 생각도 들지만 과연 고양이가 심심할 수가 있는지도 확신이 안 선다.

내가 거실에 들어설 때면 나비는 종종 천을 씌워놓은 의자 등받이를 기어오르면서 뭘 해달라고 요구하는 표정을 짓는다. 온몸의 자세로 보아 나비 입장에서 뭔가 일어날 때가 됐다는 뜻이다. 바닥에는 손주 하나가 손가락을 코바늘 삼아서 손뜨개 해놓은 털실 쪼가리가 있다. 들어간 색깔도 다양한데 오직 고양이 장난감 용도로 만들어진 것이다. 난 그 한쪽 끝을 집어 들고 다른 쪽을 바닥에 끌며 천천히 당긴다. 나비는 자세를 잡고 온몸의 근육을 긴장한 채로 죽여주는 도약을 할 준비를 하는데 눈은 털실 쪼가리가 만들어내는 모든 움직임에 집중해서 따라간다.

나비는 사냥감이 시야에서 사라지기 직전까지 공격을 하지 않을 때도 많다. 사냥감이 도망치게 놔둬서는 안 된다. 나비는 놀라운 정확도로 이 조잡한 털실 조각을 두 발로 잡는다. 그리고 아주 꽉 움켜쥔다. 어떤 때는 몸을 뒤집으며 뛰어올라 뒷발까지 자유롭게 쓴다. 네 발을 모두 사용해서 그 불쌍하고 방어할 힘도 없는 털실 조각을 움켜쥔다. 귀는 뒤로 납작하게 붙고 맹수의 이빨로 털실을 공격하는데 표정만 보면 가히 누구 하나 죽일 것만 같다. 귀여운 우리 집 호랑이는 여태껏 백전백승이다. 우리는 나비가 너무 사랑스럽다.

누가 실 뭉치를 나비 앞에서 흔들면 나비의 고개는 마치 테니스 경기 관람객처럼 이쪽저쪽으로 휙휙 돌아가는데 그게 또 그렇게 재미있다. 대롱대롱 움직이는 털실이 가까이 오면 나비는 앞발로 휙 후려치는데 거의 항상 그걸 잡아낸다. 자기가 앉은 자리에서 발이 닿지 않으면 뛰어오르곤 한다. 이 경우는 좀 더 복잡하긴 하지만 성공을 하고 사냥감을 끌어내려 이빨을 박는 모습에는 엄청난 만족감이 담겨 있다.

나비는 어디에 올라가는 것이 세상에서 가장 즐거운 일이다. 우리가 부엌문을 열어놓으면 나비는 정원으로 뛰쳐나가 나무 둥치에 발톱을 날카롭게 갈아댄다. 그때 내가 다가가면 재빨리 나무 위로 올라가고 적당히 높이 올라갔다 싶으면 나를 내려다본다. "잡아봐라. 못 잡겠지? 나 잡아봐라……" 하고 나를 놀리나 보다. 승리가 확실해지면 나비는 민첩함과 힘을 마음껏 뽐내는 것 같다.

정원 저 끝에는 키 큰 딱총나무가 몇 그루 있는데 그 우듬지에 까치 한 쌍이 둥지를 틀었다. 나비는 그 꼭대기까지 올라가길 좋아하지만 금세 다시 내려오기로 결심한다. 고소공포증이라고는 모르니 높은 곳이 무서워서가 아니라, 까치가 워낙에 무시무시한 소리로 울어대고 결국에는 아주 공격적으로 나오기 때문이다. 이 까치들은 까마귀 부부의 '지원사격'을 몇 번 받기도 했다. 그러면 나비는 아쉬운 듯 몇 번 야옹거리다가 결국 후퇴를 결정한다. 고양이와 덩치도 비슷한 새들이 제집 안방을 쉽게 내줄 턱이 없다.

다들 고양이가 나무 위에 올라갔다가 내려오질 못해서 소방관의 도움을 받았다는 이야기를 들어보았을 것이다. 우리는 나비의 모험이 어떻게 끝날지 불안하게 쳐다보게 된다.

하지만 나비는 올라갈 때만큼 빠르지는 않지만 너무나도 우아한 모습으로 다시 내려온다. 차분하고 체계적으로 이 나뭇가지에서 저 가지로 뛰고 이따금씩 멈춰 서서 주위를 둘러보는데 마치 어느 길로 갈지 재는 것만 같다. 그러다가 결정을 내리고는 곧 땅바닥으로 내려온다.

여름이 가까워오면 이제 낡고 비가 새는 슬레이트 지붕을 강판 지붕으로 갈아줄 때다. 건축 회사는 집 주위를 빙 둘러서 비계를 세우고 지붕에 사다리를 대서 지붕 수리공이 올라갈 수 있게 해두었다. 나비는 이 모든 게 아주 멋진 생각이라고 본 모양이다. 고양이가 지붕마루(용마루)에 오르기란 식은 죽 먹기인데 균형을 잡아 걸어가다가 50센티미터쯤 떨어진 이웃집 지붕으로 뛴 다음 그 집 굴뚝으로 향한다. 나비는 마치 교회의 풍향계처럼 그 자리에 앉아서 사방을 둘러본다. 이보다 더 높이 올라갈 수는 없다. 나비는 잠시 후에 갔던 길을 그대로 되짚어 돌아온다. 이 모든 일을 나비는 그저 즐기기 위해서 한다. 다른 이유를 생각해낼 수가 없는데, 그냥 이해가 된다. 나도 어릴 적에 나무를 잘 탔다.

가끔은 놀이가 격해질 때가 있다. 내가 나비의 배를 긁어주면서 시작된 것인지도 모르겠다. 나비는 몸을 비비 꼬면서 큰 소리로 골골송을 부른다. 하지만 잠시 뒤에 날카로운 발톱 네 개를 꺼내들고 송곳처럼 뾰족한 이빨을 드러낸 채

두꺼운 장갑으로 감싼 내 손에 달려든다. 그렇게 나비를 빙빙 돌리면 내 손을 더욱 맹렬히 공격한다. 나비는 계속 그르렁거리다가 어느 순간 나를 공격하느라 너무 바빠지고 만다.

잠시 뒤에 나비는 놀이에 싫증이 났다는 듯 옆으로 깡충 뛰어가서는 몸단장을 하면서 이제 관심이 없는 척을 한다. "그런 낡은 방식으로 나를 다룰 수 있다고 꿈도 꾸지 마세요." 하지만 몇 분 지나고 나면 또 그 놀이를 할 시간이다. 장갑 낀 손을 살짝 움직여주면 나비는 나를 공격하며 반응하고 즐거운 한바탕 놀이가 다시 시작된다. 이 놀이는 마치 엄마가 아기에게 까꿍 놀이를 하는 것과 비슷한데 아기는 즐거움과 놀라움이 동시에 찾아와 숨이 막힐 만큼 깔깔댄다. 누가 더 즐거울지 궁금하다. 엄마일까, 아기일까?

"내가 고양이랑 놀 때 누가 재미를 더 느끼는지는 아무도 모른다."

모든 수필가의 정신적 아버지 미셸 드 몽테뉴의 말이다. 1500년대 말 이 프랑스 귀족은 성 안에 앉아 생각이 흘러

가는 대로 놔두었는데 나도 지금 이 순간 그 비슷한 일을 컴퓨터 앞에서 한다. 굽이치듯 흐르는 텍스트는 논리가 항상 명확하지는 않아도 재치가 넘치고, 잘 짜인 생각들이 그 속에서 반짝일 때가 있다. 대표 저작인《수상록》은 자신만의 내면세계를 탐구해보려는 시도였기에 원제가 '에세(essais, 프랑스어로 시도)'다. 자기 생각을 글로 나타내고 스스로 출판될 만하다고까지 생각하였지만 태도는 다소 소심하면서도 신중했다. 몽테뉴는 결코 설교하지 않고 자기 말이 옳다고 떠벌리지도 않는다. 스스로와 독자에게 묻기만 하는데 이 부드러운 표현 방식은 과장된 선언보다 효과가 좋을 때가 있다.

예컨대 동물과 인간 사이의 관계란 무엇일까? 몽테뉴는 동물들이 뭘 느끼고 생각하는지 누가 알겠느냐고 생각한다. 인간은 비참하게 태어나서는 거만한 상상 속에서 스스로를 신과 똑같은 자리에 올린다. 그리고 똑같이 자만하는 태도로 다른 살아 있는 생명체들에게 알맞다고 여기는 능력과 힘을 부여한다. 하지만 인간이 어떻게 제한된 '이성의 힘'으로 동물의 머릿속에서 일어나는 일을 하나라도 이해할 수가 있을까? 인간은 자신과 동물을 비교하면서 항상 자신들을 척도로 삼고는 동물들이 멍청하다고 결론지어 버린다. 하지만 몽테뉴는 이렇게 자문한다. 사람이 정말 그런 방식으로 제대로 사유할 수 있을까? 그런 식이라면 동물은 초월적 설계자인 신이 조립한 놀라운 기계 이상이 아니라는 천재 철학자 데카르트의 바보 같은 주장에서 단 한 걸음도 더 나아갈 수가 없다.

나는 고양이가 놀면서 뭘 생각하고 뭘 느낄지 몽테뉴가 품은 불확실함에 공감한다. 확신이 아닌 의혹을 품는 것은 아마 인류의 탁월한 인지적 특성일지 모른다. 동물의 정신은 우리에게 수수께끼이며 그게 바로 동물과 함께 시간을 보내는 일이 그렇게 신나는 여러 이유 중 하나다. 그렇게 확신하면 안 되겠지만, 나는 고양이가 의혹을 품을 수 있을지는 의심이 간다. 우리가 진정 무엇을 아는지 묻는 그 고귀한 능력에 있어서만은, 인간들은 아마도 다른 모든 생명체보다 무한히 우월할 것이다.

고양이는 인간에 비하면 뇌 무게가 새 발의 피 정도지만 여전히 놀라운 기적이다. 그 뇌는 나비의 발을 움직여서 실수 없이 정확하게 코앞에 대롱대롱 흔들리는 털실 조각을 붙들게 한다. 뇌는 나비가 우리 집 아래층과 위층을 연결하는 깊은 계단통의 좁은 난간을 걸을 때 균형을 잡게 도와준다. 그리고 뭘 좀 먹을 시간이 됐다고 느낄 때 우리 다리를 빙빙 감으며 가르랑거리게 만드는 것도 분명히 나비의 뇌다. 뇌가 있다고 해서 원대한 미래 계획을 세운다는 뜻은 아니지만 상황을 전체적으로 파악하고 매우 성공적인 단기 전략을 마련할 수 있다. 우리 나비는 이 작은 뇌의 도움으로 주인 부부 둘 다 자기에게 밥을 주고 털실 조각을 질질 끌게 만들 수 있다.

확실히 몽테뉴가 옳았다. 함께 있으면 고양이도 사람만큼이나 즐거워한다. 나비가 사랑스럽고 귀여울 때면 나는 그 모습을 보며 소리 내어 웃는다. 고양이는 웃을 수 없지만 모든 면을 따져볼 때 어쩌면 나비도 내가 털실 조각을 가지고 이리저리 숨는 모습을 보면서 즐거워할지 모른다. 꽃이 활짝 핀 절굿대를 정원에서 빙빙 돌리다가 내가 어지러워하는 모습이 들통 나면 약간 거만한 태도로 미소 지을지도 모른다. "인간은 참 꼴사나워!" 나는 손주들이 어릴 때 놀아주었던 것처럼 나비와 놀아주면서 사냥 본능을 자극하고 있다는 상상을 한다. 하지만 똑같은 이유를 들어서 나비가 나의 '할아버지 본능'을 자극해왔다고 주장할 수도 있을 것이다.

잘 생각해보면 어쩌면 우리는 둘 다 서로 꽤나 동등한 입장에서 지내왔는지도 모른다. 우리는 둘 다 각자 성향의 포로이며 바로 이러한 이유로 관계라는 형태를 만들게 되었는지도 모른다.

고양이는 여러 가지 면에서 전제 조건이 나와 무척 다르다. 무슨 일이 일어나고 있는지 고양이가 인지할 수 있다면 아마 나와 완전히 다를 것이다.

하지만 나비와 나는 시간을 함께 보내고 둘 다 즐긴다. 내가 먼저 놀이에 지칠 때가 있지만 나비도 그만큼 먼저 지치곤 한다. 우리는 서재로 올라간다. 내가 컴퓨터 앞에 앉으면 나비가 뛰어 올라와서 자기 바구니로 들어가 한동안 창밖을 바라보다가 자기 몸을 단장하고 그다음에는 프

레첼처럼 몸을 돌돌 말아서 매우 편안한 자세로 만든다.

우리 둘은 잘 지내는데 비록 서로 이해하지 못한다 해도 이 역시 공존의 방식이라고 말할 수 있을 것이다. 인간 공동체도 같은 조건에서 생긴다는 생각이 들기도 한다. 두 사람은 서로 이해한다고 여기지만 사실은 각기 전혀 다른 행성에 살고 있다. 그래도 최소한 얼마 동안은 잘 지낼 수 있다.

지금 이 글을 쓰는 바로 이 순간에 나비는 내 컴퓨터에서 50센티미터 떨어진 자기 바구니에 누워 있다. 머리는 수건 깊이 파묻고 있다. 꼬리는 바구니 가장자리 위로 몇 센티 걸려 있다. 곁에 있는 그 무엇도 내가 글에 집중하는 것을 방해하지 않는다.

나비는 누워 있기 좋은 바구니가 있고 혹시 바깥이 궁금하면 내다볼 창문이 있으며 바구니 바로 밑에 라디에이터가 있는 덕에 기분 좋은 따스함을 누린다. 그리고 나비도 나처럼 곁에 누가 있지만 전혀 방해를 받지 않는다. 다시 한 번 우리는 둘 다 이 상황이 만족스럽다. 어쩌면 이런 게 바로 우정이라는 거겠지.

몽테뉴가 에세이를 쓰면서 곁에 자기 고양이를 두었는지는 모르겠지만 나는 그랬으리라 생각하고 싶다. 또한 나는 몽테뉴가 고마워했으리라고 확신한다. 고양이도 그랬을 것이다.

6

노벨 문학상을 받은 시인 T. S. 엘리엇의 유명한 시들 가운데 브리트 G. 할크비스트가 스웨덴어로 훌륭히 번역한 작품에서 시인은 고양이 이름이 세 개 있어야 한다고 주장한다. 하나는 보통 부르는 이름, 하나는 좀 더 개성 있고 사적인 이름이고 또 하나는 그 고양이가 익숙한 이름이다. 이 시인은 한숨을 짓는다. 고양이 이름 짓기는 늙은이가 쉽게 해낼 일이 아니다.

고양이를 사랑하는 또 다른 노벨상 수상자 도리스 레싱

은 고양이들마다 여러 이름을 지어주고 필요에 따라서 번갈아가며 부른다. 상황이 새롭게 느껴지면 전혀 다른 새로운 이름을 만들어내기도 한다. 레싱의 작명은 몹시 사랑스러워 야옹이가 마치 어린 아기처럼 여러 별명을 얻는다.

레싱과 엘리엇 둘 다 고양이 이름을 생각하는 방식이 딱 부러지지는 않는다. 엘리엇은 모든 고양이가 그 어느 인간도 알 수 없는 이름을 가진다고 말하는 반면에 레싱의 아기들은 자기들이나 주인의 기분에 따라서 이름이 변화무쌍하다.

우리 고양이는 우리 가족 구성원이 된 지 일 년이 넘었지만 여전히 나비 외에 다른 이름이 없다. '나비의 절친'이라는 우리 손주는 '부산이'라는 이름을 제안했다. 부산스러운 말썽꾸러기에게 딱 맞을 것도 같다. 나비는 정원의 나무나 키 큰 다년생 식물 뒤에 일부러 숨어서 누워 있는 걸 좋아한다. 사람들이 상상도 못 하는 순간에 가장 의외의 장소에서 짠 하고 나타날 수가 있다. 우리가 야외의 물결 모양 플라스틱 지붕 아래 의자에 앉아 있거나 거기서 책을 읽을 때면 위에서 고양이 발소리가 들려온다. 나비는 우리 몰래 거기에 올라와 있다. 부산이는 도리스 레싱의 정신을 이어받은 좋은 이름일 텐데, 비가 오는 날이면 평소 즐겨 찾는 주인 할머니 침대나 내 컴퓨터 근처 바구니에서 빈둥대고 수시로 잠만 자며 하루를 보내니까 벌충하는 이름으로 '잠보'도 괜찮을 것이다.

나로서는 좀 더 존중한다는 느낌이 드는 T. S. 엘리엇의 작명법이 레싱의 무수한 별명보다 더 마음에 든다. 또한 브리트 G. 할크비스트가 스웨덴어로 옮긴 엘리엇의 시는 읽자마자 큰 설득력이 느껴진다. 무의미시가 이렇게 수사적인 힘을 갖는 경우는 드물다.

그래서 나는 우리 고양이가 평범한 이름, 몹시 개성 있는 이름, 추측만 해볼 수 있는 이름을 가진 것을 상상해본다. 맨 나중의 이름이 나를 가장 사로잡는데, 내가 절대 건드릴 수 없는 것이 내 고양이에게 있으며 나는 인간이고 걔는 고양이라서 우리가 사는 세상은 한없이 다르다는 것을 보여준다는 단순한 이유 때문이다.

그래서 첫 번째 이름인 나비로 녀석은 쭉 불릴 수 있다.

귀엽고 친근하며 유치한 구석도 없는 이름이다. 닐스, 라르스 아니면 구닐라처럼 개인을 구별하는 이름이지 부산이나 잠보처럼 상황이나 행동에 이어지는 이름이 아니다. 혹시 좀 익명성을 띨지도 모른다. 고양이는 모두 어느 시점에 한 번쯤 나비라고 불리었을 텐데, 고양이의 이름은 모르지만 얘기를 나눠보고 싶어 하는 사람이 늘 있기 때문이다. 그걸 생각해볼 때 나비라는 이름은 우리가 이름 지어주는 일을 제대로 치른 게 아니라서 아직 고양이 주인이라는 인식이 없다는 신호가 아닌가 두렵다.

어쨌거나 나는 나비가 어떤 이름으로 부른다 한들 들을 거라는 확신은 없다. 때로 나비는 우리가 하는 얘기를 알아듣는 눈치지만 아마도 주로 그 상황과 어조에 반응을 하는 것이리라. 나비라고 하든지 안 하든지 큰 의미는 없다. 부엌문을 열고 나비를 부르면 가끔은 정원 구석에서 달려오지만 이름보다는 우리가 부엌문을 열고 모습을 보여주는 것이 중요하다고 생각하는데, 그러면 나비 입장에서는 안으로 들어와서 밥을 먹고 놀거나 낮잠을 잘 수 있다는 게 떠오르기 때문이다. 이렇게 말하면 내가 고양이의 감정에 무관심한 것처럼 들릴지도 모르지만 정말로 나비는 우리가 부르는 이름에 크게 신경 쓰지 않는 듯싶다. 그래서 일단은 그냥 나비라고 불러도 괜찮다고 본다.

엘리엇의 엄숙한 두 번째 이름은 꼭 힘겨운 도전 과제처럼 느껴진다. 이 노벨상 수상자는 독창적인 이름을 여러 개 제안하는데 따라 하기가 꽤나 힘들다. 이를테면 고양이에게 발가락 통풍 같은 이름을 붙일 생각은 아무도 못할 것이다. 때로 이러한 이름들은 귀족 혈통이나 박식함을 느끼게 하는 울림이 있다.

나 역시도 같은 생각을 해본다. 깨우친 아테네의 정치가 페리클레스의 친구였던 아름답고 영리한 여성의 이름을 따서 우리 고양이를 아스파시아라고 부르면 어떨까? 그러면 주인의 교양과 고양이가 미치는 영향 모두를 드러내는 이름이 될 것이다. 아스파시아는 권력이 없지 않았다. 다들 수군거렸다. 아테네를 다스린 페리클레스를 다스린 아스파시아. 아스파시아는 아름다운 이름이다. 고양이 이름이 갖춰야 할 덕목인 치찰음 ㅅ 소리가 두 번 들어간다. 이

것은 내가 우리 고양이에게 전하고 싶은 철학적인 삶의 지혜를 넌지시 보여준다. 하지만 이 고대 창녀의 이지적인 삶은 우리의 중성화된 아기 고양이에 비해서 훨씬 풍부하며 그 연애는 훨씬 더 복잡했을 것이다. 그래서 어쩌면 조금 과분한 이름일지도 모르겠다. 아무튼 내가 정원에서 "아스파시아, 아스파시아!" 외칠 때 이웃들이 어떻게 나올지가 궁금하다.

나비의 가장 비밀스러운 세 번째 이름은 내가 상상하는 수밖에 없다. 고양이에게 생각이 있다면, 지금 나를 애정어리게 바라보는 저 커다란 노란 눈망울 뒤에 그 생각처럼 숨어 움직일 것이다. 혹은 고양이가 꿈을 꾼다면, 나비가 자면서 몸부림치고 수염을 씰룩거리고 몸을 쭉 펴다가 우리는 이해할 수 없는 모든 고양이의 열반으로 돌아가게 만드는 그런 꿈 뒤에 숨어 있을 것이다.

그래서 지금까지 우리 고양이는 나비라는 이름 외에는 다른 이름이 없다. 어쩌면 평생 다른 이름은 생기지 않을 것이다. 어쩌면 이 무명의 상태가 T. S. 엘리엇의 세 번째 고양이 이름만큼이나 중요할지도 모른다. 나비는 분명히 이런 종류의 세 번째 이름이 있지만 나는 그게 무엇인지 알 수가 없다.

매년 여름 이맘때면 대학 도시인 이곳 룬드에 와 있던 학생들이 떠나고 교수들 역시 학교를 떠나 서해안이나 외스텔렌에 있는 여름 별장으로 떠난다. 하지만 많은 고양이가 동네에 남고 나비는 이 뜨거운 밤 유흥의 시기를 한껏 즐긴다. 낮에는 종일 자다가 저녁 예닐곱 시에 일어나 나간 후 새벽이 되어서야 우리 침실 창문으로 뛰어들어 온다.

여름밤은 고양이에게 황홀한 시간인데 마치 모든 집고양이의 첫 번째 집인 아프리카로 돌아가게 해주는 것만 같다. 물론 적도에 가까운 지역에 비하면 북유럽 지역의 밤이 더 짧고 가벼운 것은 인정하지만 그래도 기분 좋게 따뜻하다. 곤충, 어린 새, 생쥐들, 다른 고양이들이 으슥한 빛 속을 돌아다닌다. 가끔 고슴도치를 본 적도 있다.

우리 곁을 스쳐 가던 고양이들의 삶은 희미하게 빛나는 이 묘한 순간이 되어서야 우리의 삶을 건드린다. 모르는 고양이들이 수풀 속에 몸을 숨기고 있다. 밤이면 수고양이들이 나타나는데 때로는 주방 문 앞에서 조금은 도발적으로 야옹거리기도 한다. 우리의 작은 중성화된 암고양이는 적당히 관심이 있는 정도인데 보통은 창문 쪽으로 뛰어와 집 안의 먼발치에 떨어져 있다가 나중에야 가서 살펴보는 것을 선호한다. 대개 잠시 후면 이 구혼자 후보 고양이는 슬그머니 떠나고, 그 뒤로 수풀이 다시 닫히고 나면 녀석은 처음 왔을 때처럼 부지불식간에 사라져 있다.

이 신사 고양이들 중 하나는 털이 검고 목에 빨간 털이 있는 놈인데 정원을 슬슬 걸어 들어온다. 꽤나 조심스럽게 행동하는데 귀족적인 탁월함을 지니고 있다. 마치 우리 정원에는 별 관심이 없다는 듯이 가로질러 가면서 자기가 잘난 것을 강조한다. 다른 수고양이들은 좀 더 도망치는 모양새다.

이런 임시 방문객들은 모두 우리가 창가에 나타나자마자 도망쳐 버린다. 녀석들이 우리 집 정원을 돌아다닐 때면 영락없는 들고양이지만 집에서 가족들과 함께 있으면 주인 할머니의 무릎 위에 누워 있는 꼭 껴안아주고 싶은 아기 고양이다. T. S. 엘리엇 말대로 고양이는 이중생활을 한다. 여름밤은 그들의 시간이다. 가장 비밀스러운 고양이 이름을 온몸에 두르고 모험을 나서는 때다.

고양이의 시각에서 우리 정원은 확실히 방어할 가치가 있는 영역이다. 나비뿐만 아니라 다른 고양이들도 관심이 있는 것 같다. 이런 고양이들 가운데 하나는 '덩치 큰 흑갈색' 고양이다. 놈은 우리 나비보다 훨씬 육중한데 캄캄한 때 몰래 오는 걸 보면 아무래도 도둑처럼 보인다. 때로는 큰 소리로 야옹거려 마치 "여기는 내가 사는 곳이다"라고 선포하는 것만 같다.

나비는 신중한 호기심 속에 놈에게 다가가는데 공격은 안 한다. 사실 나비는 조금 겁을 집어먹은 상태였다. 한번은 나비가 강간을 당하진 않았나 생각한 적이 있었다. 엄청나게 야옹야옹 하는 소리 끝에 우리 나비가 부엌문으로 뛰어들어 왔다. 나비가 겁에 질린 듯 보였기에 무슨 일이 있었는지 알아보러 밖에 나갔더니 덩치 큰 흑갈색 고양이가 우리 집 문설주에 오줌을 뿌리며 영역 표시를 하고 있었다.

우리는 그 줄무늬 고양이를 볼 때마다 훠이훠이 쫓아낸다. 나비는 그 뒤를 쫓아 달려가는데 마치 자기가 딴 고양이를 영역에서 몰아낸다고 스스로 굳게 믿는 듯싶다. 아마도 흑갈색 고양이는 나비를 전혀 우리와 동급으로 여기지 않을 테지만 나비가 우리를 자기편으로 확신하니 우리는 기분이 좋다.

어느 여름날 이른 아침에 창문을 열고 나비가 평소 습관대로 그리로 뛰어올라 안으로 들어오기를 기대했다. 하지만 그런 일은 일어나지 않았다! 그 대신에 끔찍한 야옹거리는 소리가 이따금씩 들리고 분노에 찬 하악질 소리가 터져 나왔다. 분명히 근처에서 두 고양이 사이에 한판 대결이 펼쳐진 것이다. 나비를 불러보았지만 아무 반응이 없었다. 격분하는 야옹 소리는 방금처럼 계속되었다. 자세히 알아보려고 정원으로 들어갔을 때 몇 군데에서 고양이 털 뭉치를 발견했다. 분명히 여기에서 거친 일이 벌어졌던 것이다. 나비의 털과 색이 비슷한 뭉치였다. 우리는 나비를 부르며 동네를 돌아다녔다. 아내는 이웃집 정원의 잠긴 문 뒤에서 나비 비슷한 것을 언뜻 보았다. 그 외에는 나비도 다른 고양이도 아무것도 안 보였지만 성난 울부짖음은 계속 들려왔다.

잠시 뒤에 고양이가 내뱉는 소리는 잦아들었고 찌르레기 소리가 그 자리를 대신했다. 하지만 우린 걱정이 됐다. 나비가 다친 걸까? 30분 동안 우리는 나비에게 무슨 일이 생겼는지 알 수가 없었는데, 그때 나비가 평소처럼 어슬렁어슬렁 꼬리를 하늘로 쳐든 채 돌아왔다. 조금이라도 다친 구석은 보이지 않았다. 마음이 놓인 우리는 언제라도 나비에게 맛 좋은 간식을 줄 태세였다. 나비는 딱히 관심이 없었다. 뭔가 다른 것이 나비의 작은 머릿속 경보 장치를 휘젓고 있었다. 나비는 집 주변과 정원을 걸어 다녔는데, 상황을 장악하는 스스로의 능력을 확인하고 싶은 눈치였다. 반면 이 집에서 내놓을 수 있는 가장 훌륭한 먹이는 건드리지도 않았다. 잠시 후에 나비는 몸을 둥글게 말고 잠이 들었다.

나비가 어디에 갔었는지는 알아내지 못했다. 싸움에 휘말렸던 걸까, 아니면 동화 속 공주님처럼 두 기사가 우위를 가르는 모습을 지켜본 것일까? 어쨌든 고양이 세상에서 뭔가 중요한 일이 벌어져 나비에게 큰 영향을 준 것은 분명했으나 정확히 무엇인지는 나비의 비밀이었다. 우리가 귀로 듣고 눈으로 본 것은 겉모습에 불과했고 그 너머는 짐작만 할 뿐인 어두컴컴한 고양이의 경험이 존재했다. 물론 나는 나비가 공주님이고 두 수컷끼리 주먹다짐을 했다고 상상하고 싶지만 나비가 침입자로부터 자기 영역을 지켜낸 상황도 배제할 수가 없었다. 그런 상황이었다면 나비는 아주 잘해낸 것이었다. 나비 몸에 긁힌 자국 하나 없었고 그 모든 털 뭉치는 나비에게서 나온 게 아니었으니까.

고양이는 부동산 등기를 이해하기가 힘들다. 우리와 나비는 영역에 관한 인식이 같지 않다. 우리는 나비가 우리 정원 안에 있어야 한다고 생각한다. 거기에는 기어올라 갈 잡목과 나무들이 있고 뒤에 숨을 수도 있는 키 큰 다년생 식물들이 있다. 마실 물이 담긴 조류용 물그릇에는 대륙검은지빠귀 향이 살짝 녹아 있다. 그리고 곤충과 생쥐 양쪽 다 사냥할 수도 있다. 고양이가 이 이상 더 바랄 게 뭐가 있으랴. 하지만 고양이에게는 양쪽을 나눠놓을 목적으로 세워진 울타리와 그 원래 용도보다는 그 밑으로 기어나갈 만한 구멍이 더 중요하다. 우리 땅 뒤쪽에 있는 이웃의 너저분한 땅은 나비에겐 더 깨끗한 우리 정원만큼 혹은 그 이상으로 흥미로울 것이다. 탐험하고 싶은 흥미로운 것들은 사방에 널렸다.

때때로 나비는 길을 건너서 한때는 양로원이었다가 이제는 지역 관공서로 바뀐 건물이 있는 곳으로 간다. 나비가 관심을 갖는 것은 관목과 모든 구석구석이다. 우리는 그 일이 달갑지 않다. 집 앞 도로는 때로 자동차가 많이 다니는데 나비가 다치면 싫다. 하지만 우리는 막을 힘이 없다. 외출냥이로 기르는 데 위험이 따르는 것을 알지만 언제나 집안에만 가둬놓고 싶지는 않다.

고양이는 애완동물 중에 가장 잘 길들여진 존재가 되어 편안한 골골송 장착 소파 장식으로서 어린아이가 쓰다듬는 걸 허락하고 주인 부부의 어리광 많은 아기가 되는 데 아무런 문제가 없을지 모른다. 하지만 편안하게 그날그날 살아가는 야옹이들에게는 또 다른 면이 있다. 야행성 동물이자 사냥감을 쫓는 맹수이며 호랑이나 표범과 판에 박은 듯이 닮아 있다. 이러한 이중성이 바로 고양이에게 표리부동하다는 명성을 안겨주었다. T. S. 엘리엇이 고양이에게 세 가지 이름이 필요하다고 했듯이 '야행성이며 고양이 같고 언제나 인간은 알 길이 없기' 때문이다. '호랑이 이름'은 소파에서야 쓸데없지만 밤 사냥을 나가는 맹수라면 반드시 가져야 한다.

어쨌거나 아직 한 가지 이름이 더 남아 있으니,

당신은 상상도 못 할 이름,

인간이 아무리 연구한들 찾아낼 수 없는 그런 이름

고양이 혼자만 알고 있을 뿐, 절대로 말해주지 않는 이름

고양이가 심오한 명상에 잠겨 있는 걸 발견하신다면,

그것은 늘 같은 이유

바로 깊은 생각에 빠져 있기 때문

자신의 이름을 생각하고, 생각하고, 또 생각하며 음미하는 시간

말할 수 없는, 말로 하되

말로 표현할 수 없는

깊고 불가해한 단 하나의 이름

_T. S. 엘리엇의 시 〈고양이 이름 짓기(The Naming of Cats)〉 중에서

7

늦여름이 끝나갈 무렵 부엌문에 만들어놓은 고양이 구멍은 고양이와 아주 작은 개가 드나들기에는 너끈하지만 잘 먹은 페키니즈가 지나가기에는 너무 작다. 고양이 구멍문은 나비가 우리 인생에 휘두르는 힘을 보여주는 또 하나의 증거이다. 문에 구멍을 내고 얇은 플라스틱 출입구로만 덮어놓으면 당연히 외풍, 열 손실, 높아진 난방비가 따라오지만 우리가 두려워했던 수준은 아니다.

이런 종류의 출입구는 나비와 우리 모두에게 실용적이

다. 이제 자세히 설명해보겠다.

우리는 스톡홀름에 꽤나 자주 간다. 아내나 내가 각기 혼자 갈 때도 있고 가끔은 함께 가기도 한다. 전에는 이게 문제였다. 나비는 밥을 먹어야 하니 우리 딸이 도맡았다. 하지만 우리가 일주일 정도 가게 되면 나비를 집 안에만 가둬놓을 수가 없으니까 나비의 잠자리 바구니를 정원 창고로 옮겨놓았고 자연히 나비 밥도 거기에 주었다. 그랬더니 이웃 사는 모든 고양이가 아주 기뻐했다. 보아하니 덩치 큰 흑갈색 고양이가 특히나 존재감을 드러냈다. 우리가 집에 돌아와서 나비 밥을 다시 집 안에서 주기 시작하자 녀석이 한 입 먹어볼까 하는 바람으로 창고를 기웃거리다가 일 분 정도 지나서 실망감 가득한 얼굴로 나오는 걸 본 적이 있다. 적어도 우리 눈에는 그렇게 보였다.

고양이 구멍문 덕에 모든 일이 훨씬 단순해진다. 밥은 평소대로 주방에 놔둘 수 있고 나비는 자기 바구니나 주인 할머니의 침대에서 잘 수 있다. 낯짝 두꺼운 수고양이라 해도 모르는 집, 특히 아무리 작은 암컷이라도 다른 고양이가 지키고 있는 집에는 들어오지 않는다. 고양이 구멍문이 있으니 우리는 불청객을 안 받아도 될 것이고 나비도 우리가 없는 동안에 마음대로 집에 들락거릴 수 있다. 특히 이제 가을이 가까워오는 이 시점에 이것은 중요하다.

바로 이때 고양이 문을 설치하는 까닭은 우리가 아프리카에 갈 것이기 때문이다. 그리 오래 가 있지는 않겠지만 나비를 보통 돌봐주던 내 아내, 우리 딸, 손주 넷까지 모두 함께 간다. 손주들은 우리가 찍어 온 커다란 아프리카 동물들 사진을 보아왔고 나는 그 아이들에게 여행을 보내주겠노라고, 그래서 코끼리, 코뿔소, 표범 그리고 온갖 흥미로운 동물들과 새들을 만나게 해주겠노라고 오래전부터 약속을 했다. 사위는 일 때문에 집에 남게 되었는데 우리가 떠난 사이에 나비를 돌봐주겠다고 약속했다. 사위의 임무는 고양이 문이 있다면 한결 단순해진다. 이따금씩 밥그릇에 밥이 잘 있나 보러 오기만 하면 되는 것이다.

아내나 나와는 달리 사위는 손재주가 좋다. 우리가 떠나기 한참 전에 고양이 문을 설치해서 나비가 익숙해질 시간을 주겠다고 약속을 한 것이다.

온갖 애완동물 용품을 파는 가게에 서니 다시 한 번 못 올 곳에 온 기분이 들었다. 내가 대체 여기서 뭘 하는 거지? 고양이 문도 나름 과학이다. 독일, 영국, 프랑스 등 여러 제조사에서 나온 단순한 모델들도 있고 고양이가 들어가려면 작은 자석을 목줄에 달아놔야 하는 모델들도 있다. 말하자면 수고양이의 원치 않는 방문을 막는 기능이다. 하지만 그만큼 또 일이 복잡해지는 것이, 우리 귀여운 나비가 그 자석을 잃어버리면 어떻게 되겠는가. 충분히 현실성 있는 일이고 그렇게 된다면 나비는 집 밖에서 안으로 못 들어갈 것이다.

그중에서도 가장 최신식 모델은 전자 고양이 문인데 번듯한 고양이라면 다 있는 마이크로칩을 판독한다. 우리 고양이도 신분증처럼 목덜미에 수술로 이식했다. 나비가 그 칩을 잃어버릴 일은 거의 없겠지만 그런 게 정말 작동을 할까? 그리고 전자제품에 들어가는 배터리를 언제 교체할지 어떻게 알겠는가? 이런 종류의 놀라운 기술이 들어간 제품들은 역시 돈푼깨나 들어간다. 나는 갓난아기 유모차를 사러 온 아버지처럼 그 자리에 서 있다. 물론 최고 좋은 제품에 돈을 기꺼이 지불할 용의가 있지만 제품이 너무 많아 정신이 없다.

결국 우리는 제일 단순한 모델을 골랐는데 가장 저렴해서가 아니라 가장 믿을 만하기 때문이다. 우리는 자석 자물쇠 없이도 덩치 큰 수고양이가 거리를 유지할 것을 기대한다. 고양이 문 설치가 아주 단순하지는 않았다. 우리 집 문이 독일 제작사에서 예측한 것보다 더 두꺼운 바람에 예비용 부품을 사러 다시 가게에 간 사이에 사위가 몇 가지 손을 봐야 한다. 하지만 며칠 뒤에 사위가 일을 마치자 굉장히 깔끔하게 설치가 되었다.

우리는 나비가 더욱 보호받게 되어서 굉장히 기쁘다. 나비는 고양이 문의 쓸모를 잘 모르는 모양이다. 고양이 입장에서는 문에 구멍만 나 있을 때가 완벽하게 실용적인 상태였다. 자기 마음 내킬 때마다 드나들 수가 있었다. 하지만 이제는 고양이 문이 중간에 가로막고 있다. 투명한 플라스틱으로 만들어져 있어서 나비는 그 앞에 앉아 그 문을 통해서 밖을 구경하려고 한다. 그걸로 밖에 나가는 건 좋아하지 않고 그저 누군가 문을 열어주기를 가만히 기다리는 편을 훨씬 선호한다. 그게 나비가 늘 해오던 일이며 그걸 똑같이 하는 것에 아주 만족한다. 고양이는 늘 똑같은 것을 좋아한다.

우리는 문이 열리는 것을 보여주고 그리로 들이민다. 하지만 뭘 억지로 시킬 때 늘 그러하듯이 나비는 저항한다. 나비를 그 문에 억지로 밀어 넣는 건 옳지 않다는 생각이 들어서 다른 방식들을 시도한다. 문을 닫아놓고 나비가 가장 좋아하는 음식을 다른 편에 놓는다. 나비는 고양이 문을 통해서 그걸 보지 못한다. 배가 별로 고프지 않은지 어쨌거나 기꺼이 기다린다. 음식이 저기에 있다고 우리가 알려주고 고양이 문도 열어서 붙잡고 있으면 겨우 몸을 일으켜 그 문을 넘어간다.

도와준답시고 끼어들면 스스로 첫걸음을 떼지 못한다. 최고의 결과는 나비를 가만히 내버려두고 자기가 알아서 처리하게 놔두었을 때 나온다. 고양이는 호기심이 많다. 나비는 새 문으로 걸어가서 발로 만져보고 어떻게 움직이는

지 살펴본다. 몸을 조금 웅크리고 코로 밀어서 문이 열리자 앞발을 문밖으로 내밀었고 얼마 지나지 않아서 몸통이 다 따라간다. 나비의 꼬리가 미끄러지듯 지나가자 문이 살짝 달그락거린다. 나갔다. 들어오는 일은 좀 더 힘이 드는데 몸 앞쪽이 터널 안으로 들어와야 문을 밀어서 열 수 있다. 하지만 얼마 지나지 않아서 이 방법을 익혀 일주일 뒤에 우리가 아프리카에 갈 때쯤에는 새로운 자유를 기쁘게 느끼며 끊임없이 그 문으로 들락날락했다. 모든 게 아주 좋았고 우리가 여행하는 중에 사위가 문자로 나비가 굉장히 잘 지내고 있다고 알려주었다.

난 언제나 문은 꼭 닫아야 한다고 생각해왔다. 어릴 때 그렇게 배웠다. 당시는 집의 단열이 지금만큼 좋지가 않아 문틈으로 들어오는 외풍에 몸서리쳤다. 아이들이 문을 열어놓은 채로 뛰어나가고 들어오면 어른들은 "문 닫아!" 외치곤 했다.

고양이들은 사태를 전혀 다르게 본다. 닫힌 문을 몹시 싫어하고 마음 내키면 아무 때라도 지나가도록 살짝 열린 문을 좋아한다. 우리가 나비를 놔두고 어딘가 갈 때는 방문을 모두 반쯤 열어두어서 집 안을 마음껏 돌아다닐 수 있게 하고 밖은 고양이 문으로 드나들 수 있도록 해두었다. 나비가 이 자유를 오용한다는 낌새는 전혀 없다.

아무리 그래도 어쩌면 나비는 고독을 조금 따분하게 여긴 것 같다. 초여름에 우리가 일주일 내내 어딜 다녀온 적이 있는데 밤늦게 집에 돌아왔을 때 나비는 간이 차고 옆 진입로에 앉아 있었다. 마치 우리를 기다리고 있던 것처럼 보였는데 내 아내가 차에서 내리자 나비가 곧장 내달려 오더니 아내 다리에 머리를 부비고 그르렁거렸다. 마음의 가책을 느끼지 않기가 어려웠다. 고양이 문을 설치해서 최소한 나비가 집 안에서 잠을 자고 마음 편히 밥을 먹을 수 있게 하자는 결심을 한 게 아마도 그때 같다.

고양이는 시간을 인식할까? 나비에게 우리가 일주일 없든 하루 없든 차이가 있을까? 이따금 난 그렇다는 생각이 들고 우리 딸은 확신한다. 딸이 나비에게 음식을 주러 처음 왔을 때는 나비가 먹을 것에만 관심 있고 다른 데는 신경도 안 쓰는 걸로 보였다. 하지만 며칠 뒤에 가니까 나비도 어울리길 바라고 누가 놀아주거나 어루만져주면 좋아하는 것처럼 보였다. 그럴 때면 나비가 우리 딸 무릎에 누우려고까지 한 것 같은데 다른 때는 그러는 걸 별로 좋아하지 않는다.

그래서 나는 나비가 우리를 그리워한다고 생각하기로 했다. 따지고 보면 나는 집을 떠나 있을 때 나비 생각을 자주 하니까 나비도 마찬가지로 우리가 언제 돌아올지 궁금해하는 게 좀 더 공평해 보인다. 하지만 의심은 든다. 현재를 사는 고양이들은 어쩌면 그리운 게 없을지 모른다. 그렇다고 해도 우리가 며칠 만에 나타났을 때 반가워하지 않을 이유도 없지 않은가.

그럼에도 혹시 나비는 사회성 비슷한 게 있지 않을까? 나비는 우리가 정원에 나가 있으면 뒤꿈치에 달라붙고 우리가 위층에 있으면 주로 그 근처 어딘가에서 잠을 잔다. 무릎 위도 아니고 발치도 아니지만 가까운 곳에서 말이다. 그리고 우리가 아래층 침대로 가면 머지않아 우리 뒤를 조용조용히 따라온다. 밤은 주인 할머니 침대에서 주로 보낸다. 아침이면 우리 얼굴 근처로 올라오는데 나비가 얼굴을 내 뺨에 부빌 때면 꼭 뽀뽀 같은 느낌이 든다.

이 모든 일은 매우 친근하고 다정해 보인다. 하지만 과학적으로 보면 고양이들은 턱 밑과 이마에 냄새선이 있고 나비가 매일 하는 의식과 같은 인사는 사실 영역 표시이며 마치 개가 가로등에 대고 뒷다리를 드는 것과 비슷하다. 나비가 아침에 드러내는 다정함과 애정은 아마도 소유물을 관리하는 방식인지도 모른다.

생물학자들은 다른 동물의 보금자리에 사는 기생충 얘기를 한다. 이것들 다수는 건강에 상당히 해롭다. 벼룩, 이, 빈대도 있고 새집, 동물의 털가죽 혹은 사람의 옷과 집에 숨어 사는 집숭니나 사면발니도 있다. 이렇게 살면 아주 성공적인 듯싶지만 숙주들은 물론 이 초대받지 않은 손님들을 제거하려고 온갖 노력을 한다. 그래서 어떤 기생충은 쫓겨나지 않으려고 나름의 방책을 모색한다.

알다시피 지구를 다스리는 자는 인간이 아니라 벌, 말벌,

뒝벌, 개미처럼 군생하는 벌목(막시류) 곤충이다. 특히 개미는 사실상 모든 서식지에 존재하며 언제나 식량이 공급되는 개미의 성공적인 사회는 불청객으로 넘쳐난다. 작은 딱정벌레인 클라비게르(*Claviger*)는 개미총에 사는데 스웨덴에 흔한 황개미가 지은 곳을 선호한다. 클라비게르는 그곳에서 숙주의 따뜻한 보살핌을 받아 편하게 지내는데 마치 우리가 나비에게 그러하듯이 상상할 수 있는 모든 요구를 들어주고 돌보아준다. 도가 지나치면 개미들은 자기 집과 가정을 내팽개치고 사랑하는 작은 딱정벌레에게 몸 바치기도 한다. 우리는 그렇게까지 흘러가지 않았기를 빌어본다.

그렇다면 딱정벌레는 왜 그렇게 개미의 사랑을 받는 걸까? 그게, 엉덩이 쪽 커다란 노란색 털 다발에서 개미가 정신없이 빠져드는 샘 분비물이 나오기 때문이다. 거의 마약 같다. 클라비게르는 이런 전략을 쓰는 유일한 존재가 아니다. 딱정벌레 일종이고 길이가 0.5센티쯤 되는 반날개류가 떠올랐다. 겨울에는 진짜 불개미나 붉은 개미와 함께 보내고 여름에는 몸집이 더 큰 흰개미에게로 옮겨 간다. 클라비게르와 마찬가지로 멋진 냄새가 나고 개미들이 사랑해 마지않는 분비물을 내뿜는다.

우리 고양이도 비슷한 전략을 쓰는가? 우리는 나비가 귀엽고 그 눈빛을 거스를 수가 없다. 나비를 쓰다듬는 일이 즐겁고 나비가 우리 다리를 돌돌 말고 가르랑거리면 사랑받는 기분이다. 어쩌면 개미가 딱정벌레 손님에게 그러하듯이 우리도 나비에게 홀린 것인지도 모른다. 개미들은 자기 유충에 집중하는 만큼 이들을 핥고 헌신한다. 그 상황이 어떻든 간에 나비는 우리의 감각에 호소한다. 안 그랬다면 나비와 같이 살게 되지 않았을 것이다.

나비의 털이 다르게 생겼더라면 나는 이 고양이에게 좀 더 차가운 마음이었을지 모른다. 나는 항상 털이 노랗거나 작은 반점이 있는 회색 고양이에게 너그러웠는데 사실 어떤 고양이들은 부적절한 위치에 온갖 색깔의 점들이 박혀서 상대적으로 못생기기도 했다. 나비가 작고 나긋나긋한 것 역시 도움이 되었을 것이다. 아름다운 것은 유혹적이다. 그리고 비록 나비가 자기 발톱을 소파 커버에 갈긴 하지만 적어도 우리 손주들을 잡아먹지는 않는다. 개미의 손님 중 일부는 자기들을 돌봐주는 이들의 자손을 잡아먹을 만큼

염치가 없으니까. 우리의 경우는 사실 정반대다. 우리 손주들은 사랑스러운 나비에게 넋을 잃고 말았다.

결국 내가 우려했던 결과가 나오고 말았다. 사랑하는 우리 집 기생 동물이 우리를 꽁꽁 묶어놓은 것이다. 여행을 가자는 말이 나오면 곧장 이런 질문이 뒤따라온다. "나비는 어쩌지?"

난 그런 것까지 헤아리게 될 줄은 상상도 못 했다. 하지만 인간은 모름지기 삶의 모든 것을 통제할 수가 없는 것이다. 나비는 성공적으로 우리 가족의 일부가 되었으니 나는 우아하게 나비의 의견을 따라야 한다. 고양이 문 덕분에 이런 상황은 나비와 우리 양쪽에게 조금 더 쉬워졌다. 나비는 우리가 없는 사이에 정원 창고에서 꽁꽁 얼지 않아도 되고 우리는 양심의 가책을 덜고 마음이 가벼워졌다.

8

고양이는 육식 동물이다. 날렵한 몸은 기습 공격과 사냥감에게 달려드는 일에 알맞다. 발톱은 움켜쥐는 것에 특화되었고 이빨은 작은 조각으로 찢는 데 좋으며 소화 기관은 고기의 영양분을 흡수하기 좋도록 되어 있다. 나비는 쥐 사냥을 대단히 좋아한다. 잡아먹으려고 하는 것은 아니다. 먹을 것은 늘 필요 이상으로 준다. 그냥 사냥이 죽도록 좋은 것이다.

고양이를 기르기 전에는 우리 정원에 쥐가 그렇게 많은

지 몰랐다. 요즘은 나비가 툭하면 쥐를 물고 나타나는데 그걸 굳이 우리 침실로 가져온다. 사냥은 주로 밤에 벌어지는데 보통 우리가 잠자리에 드는 시각인 11시쯤이다. 또 새벽 4시경에도 같은 일이 벌어지는데 그때는 우리도 확실히 잠을 자고 싶기 때문에 관심이 덜하다. 하지만 나비는 쥐들이 그 시간대에 활발히 움직인다는 사실을 알고는 사냥을 나간다.

쥐는 쌩쌩한 경우가 많은데 공포에 질려 있긴 해도 자기를 괴롭히는 고양이를 피해 저 건너편으로 달음질칠 힘은 넉넉하다. 나비는 바로 이 순간을 기다려왔는데 이제 고양이 쥐잡기 놀이가 시작되기 때문이다. 다시 말해서 나비는 조심스럽게 쥐를 집 안으로 물고 들어와서 바닥에 놓아주고 도망가는 쥐를 쫓아다니며 즐거워하는 것이다. 만약에 쥐가 너무 오랫동안 한자리에 가만히 있으면 나비는 앞발로 툭 쳐서 도망치게 만들고 다시 한 번 쥐를 쫓아다니는 즐거움을 얻는다. 때로는 나비가 집으로 물고 들어왔는데 쥐가 이미 죽었을 때가 있다. 앞발로 쿡쿡 찔러봐도 반응이 없으면 나비는 실망한 듯 보인다. "대체 왜 그래? 이제 놀기 싫은 거야?"

쥐 입장에서 최선의 시나리오는 어찌어찌해서 찬장 아래나 책장 뒤에 들어가는 것이다. 고양이는 거기까지 들어오질 못하니까 잠시 동안 안전하다. 하지만 나비는 포기란 걸 모른다. 쥐가 어디에 있는지 정확히 알고 오랜 기다림에 대비한다. 필요하면 몇 시간이고. 때로는 쥐가 숨어들어 간 책장 옆의 의자에 자리를 잡기도 한다. 나비는 느긋하고 편안하게 쉬면서 거의 잠이 드는가 싶을 정도였다가 쥐가 아주 작게라도 움직이는 소리가 나면 곧바로 팽팽하게 긴장을 한다. 때로는 책장 뒤로 가서 앞발을 찔러 넣어보는데 마치 그 순간만은 쥐가 우위에 있음을 직접 확인이라도 하는 듯하다. 그럴 때 나비는 그저 기다릴 뿐이다. 나비는 몸을 잔뜩 웅크린 채 꾸벅꾸벅 잠이 드는 것 같다.

우리는 나비가 쥐 사냥을 즐기는 것만큼 즐겁지가 못하다. 침실에서 자며 평화롭고 조용히 지내고 싶지 침대 밑이나 우리 신발 사이에서 펼쳐지는 과격한 추격전은 피하고 싶다. 때로는 우리가 쥐를 잡아서 마당으로 다시 던져버리려고도 한다. 그럴 때면 불쌍한 쥐는 인간 두 명과 고양이

한 마리에게 쫓기는 셈이 되어서 몸을 숨길 틈새를 절박하게 찾아 헤매는 것이다. 겁에 질린 쥐가 우리의 친절한 의도를 이해해주길 기대한다면 너무 심하겠지. 쥐는 잽싸게 달아나버리고 우리는 그 쥐를 잡으려고 찬장이며 침대를 끌어낸다.

때로는 쥐가 정말 좋은 방공호를 찾아낸다. 나비는 가망도 없다. 그 자리에 가만히 앉아서 도망쳐버린 장난감 때문에 우울한 모습으로 주위를 돌아볼 뿐이고 쥐가 숨은 곳을 우리가 덮쳐서 쫓아내면 이것이 세상에서 제일 좋은 생각인 양 기뻐한다. 보통은 우리 모두가 힘을 합쳐서 쥐 사냥에 나설 때 나비가 매우 즐거워한다는 생각이 든다.

나는 때로 누군가 우리 집 창문을 들여다보는 상상을 한다. 분명히 아주 우스운 장면일 텐데, 나이 지긋한 부부와 고양이 한 마리가 쥐 한 마리를 쫓아 온 방을 뛰어다니고 그 쥐는 이 난장판을 벗어나려고 온갖 애를 쓸 테니 말이다.

이 작은 설치류는 우리에게 어찌어찌 잡힌다. 놈의 꼬리를 잡고 창밖으로 던진 다음 창문을 닫는다. 나비는 이해가 안 간다. 갑자기 자기 장난감이 사라진 것이다. 돌아다니면서 쥐를 마지막으로 본 곳이나 마지막으로 냄새를 맡은 곳을 살펴본다. 결국에는 자기 주인 할머니의 침대에 앉아서 화를 삭이려는 듯이 자기 몸을 핥고 나서 잠이 든다. 하지만 몇 시간 후면 다시 밖으로 나가고 싶어 한다.

쥐를 잡으러 나서면서 손에 비닐봉지를 끼면 나비는 우리가 쥐를 빼앗아 갈지도 모른다는 사실을 알아차린다. 그건 싫으니 쥐를 입에 물고 고양이 문을 통해서 정원으로 달려 나가버린다. 얼마 뒤에 다시 돌아오는데 여전히 입에 쥐를 물고 있다. 그리고 똑같은 서커스가 다시 시작된다. 이렇게 두어 차례 하고 나면 불쌍한 생쥐는 지쳐서 만신창이가 되어버리고 고양이가 바닥에 떨어뜨리면 꼼짝 않고 누워 있다. 나비는 두어 번 앞발로 방망이질을 해서 쥐를 살려내려고 한다. 나비가 항의의 표시로 야옹거리는 동안에 나는 비닐봉지로 쥐를 집어 들고 고통을 덜어주는 최후의 일격을 가한다. 단단한 파리채로 세게 한 방 치면 충분하다.

시간이 흐르면서 우리는 나비의 쥐 사냥을 그리 진지하게 받아들이지 않게 되었고 때로는 그냥 나비 뜻대로 하게 내버려두기도 했다. 어느 날 밤에는 나비가 쥐를 한 마리 물고 들어와서 한동안 뒤적거렸는데 그 뒤로 아주 조용해졌다. 분명히 쥐나 고양이나 둘 다 이제 침실에 없을 테니 우리는 다시 잠이 들었다. 하지만 나비는 평소처럼 우리 침대에 들어와 눕지 않았고 아침에 거실로 나가 보니 신발이 평소보다 더 헝클어져 있었다. 여기서 쥐 사냥이 벌어졌던 것이다. 나비는 내 겨울 장화 하나에 머리를 최대한 들이밀고 앞발을 집어넣어 쥐를 낚아채려 한 것이었다. 나는 의심이 들어서 장화를 집어 들고 안에 손을 넣어보았다. 역시나 뭔가 따뜻하고 털이 복슬복슬한 것이 장화의 발가락 부분에서 꼼질거리고 있었다.

내가 장화를 들고 정원으로 나가자 나비가 야옹거리며 뒤따라왔다. 장화를 흔들자 쥐가 떨어졌고 사냥은 다시 시작되었다. 그때 갑자기 쥐가 뒷다리로 서더니 고양이를 쳐다보았고 나비는 멈추어서 등을 둥글게 말고 똑같이 노려보았다. 그 둘은 그곳에서 포식자와 먹잇감으로서 상대를 예리하게 분석하며 자리를 지켰다.

그 광경은 삶과 죽음이 걸린 싸움이 아니라 거의 전원적인 풍경처럼 보였다. 너무 가까이 가면 쥐가 깜짝 놀라서 줄행랑을 쳤고 그 뒤로 고양이가 따라갔다. 마침내 쥐가 빽빽한 산울타리로 뛰어들자 고양이는 이제 가망이 없었다. 십여 분이 지나자 나비는 포기하고 슬그머니 집으로 들어가 버렸다.

한번은 나비가 한낮에 쥐를 물고 들어왔다. 아내가 위층에 앉아 있어서 나비도 사냥감을 물고 계단을 올라갔다. 이 생쥐는 성가시게도 도망을 치려고 계단을 질주해서 내려왔다. 나비는 열심히 쫓아가 봤지만, 대체 이 쥐가 어디로 갔단 말인가? 나비는 알 수 없다는 표정으로 주위를 둘러보았고 나는 계단 밑에 서서 나비가 물고 온 희생자를 찾았다. 모든 일이 순식간에 일어났고 나비는 한번 사냥감을 잃고 나면 다시 잘 찾지를 못한다. 그때 문득 내 바지 안으로 뭔가 부드러운 것이 올라오는 게 느껴졌다. 그 쥐였다! 어떻게 거기로 들어갔는지는 나도 알 수가 없다. 이런 상황에 공포를 느끼는 사람은 아니지만 바지 안에 들어온 쥐가 딱히 달갑지는 않다. 아내가 쥐를 잡으려고 비닐봉지를 가져왔고 나는 바지를 발목까지 내린 채 제자리에 서 있었다.

쥐는 현관으로 달음질하며 처절한 도주의 노력을 보였다. 우리가 문을 열자 쥐는 밖으로 돌진했고 나비는 세상에서 가장 얼떨떨해 보였다.

나비가 쥐 말고 다른 사냥감을 물고 오는 일도 없지 않았다. 언젠가 아내가 딴 데 있을 때 잠에서 깼더니 나비가 앉아서 타일 벽난로 쪽을 열심히 쳐다보고 있었다. 좀 더 자세히 살펴보니 뭔가 커다랗고 털이 복슬복슬한 것이 연소실 바로 뒤에 가만히 누워 있었다. 들쥐일까? 아니, 들쥐처럼 보이진 않았지만 난 여전히 그놈을 맨손으로 잡기가 꺼려졌다. 들쥐는 물 수도 있는데 이빨을 닦지도 않으니 한 번 물리면 심하게 감염될 수 있기에 안전을 기해서 부지깽이로 끄집어냈다. 그곳에 숨어 있던 건 알고 보니 토끼 새끼였다. 쭉 뻗으면 얼추 20센티쯤 됐다. 털이 길거나 귀가 축 늘어진 개량된 애완용이 아니라 아주 평범한 회색 토끼의 새끼였다.

난 그 토끼를 한 손으로 들어올렸다. 공포에 질려 온몸이 뻣뻣했지만 다친 곳은 하나도 없어 보였다. 나비가 그걸 언제 어떻게 물고 들어왔는지는 모른다. 아내와 나는 지난 24시간 동안 집을 비웠고 저녁에 집에 돌아왔을 때는 토끼의 모습을 보지 못했다. 하지만 집 안 여기저기에 토끼털 뭉치가 있기에 고양이가 털북숭이 토끼의 목덜미를 물고 들어왔다가 볼일 다 보고 끝냈으려니 생각했다.

나는 새끼 토끼를 밖으로 내보냈다. 고양이는 투덜거리며 야옹거렸다. 토끼는 다시 신선한 공기를 맛보자 내 손에 가만히 앉아 있다가 몸을 꼼질거리다가 몸을 세우기 시작했다. 나는 토끼를 부드럽게 잔디 위에 내려놓았다. 녀석은 그 자리에 얼어붙은 듯 가만히 있었다. 나비는 아직도 집 안에 있었는데 자기가 물어 온 새끼 토끼가 어디로 가버렸는지 아마 이해를 못 한 것 같았다. 새끼 토끼를 데려온 건 사냥 욕구였을까 아니면 모성 본능이었을까? 어쩌면 그 둘이 합쳐진 것일지도 모른다. 잠시 지나고 다시 정원으로 나가 보니 그 작은 토끼는 사라지고 없었다.

그때가 우리 정원에서 토끼를 본 처음이자 마지막 순간이었는데 나비가 대체 그걸 어디서 물고 왔나 모르겠다. 이웃 마당에도 토끼의 흔적이라고는 전혀 없다. 아무래도 아주 가끔씩 토끼가 보이던 길 건너편의 사무실 건물에서 잡아 온 것 같다. 어찌 됐든 간에 나비는 무거운 걸 물고서 꽤 먼 거리를 열심히 노력해서 가져온 셈인데 이제 그게 사라져버린 것이다. 고양이는 실망했지만 나는 굉장히 기뻤다. 우리 정원에는 토끼들이 아침 식사로 좋아할 풀이 아주 많지만 식욕을 채우는 일은 다른 데 가서 했으면 하는 바람이다.

내가 나비의 습관에 불평을 늘어놓을 때면 — 물론 쥐를 사냥할 수도 있는 게 당연하지만 그걸 굳이 집 안까지 물고 들어와야 할까? — 사람들은 내가 고마움을 모른다고 생각하나 보다. 고양이는 우리에게 선물을 가져오는 것이며 쥐 사냥의 의무를 다하고 있음을 보여주고 싶어 하니 충분히 칭찬을 해줘야 한다고들 말한다. 고양이한테서 쥐들을 빼앗아 치우는 대신에 머리를 쓰다듬으며 이렇게 말해야 한다는 것이다. "나비가 참 착하구나."

하지만 나는 녀석의 행동을 좀 더 건조하게 해석한다. 우리 침실은 녀석의 영역 중심이며 동물들은 자기 사냥감을 아무 방해 없이 즐길 수 있는 자기 은신처로 가지고 들어오기 마련이다.

하지만 가끔씩은 궁금하다. 한번은 나비가 사냥에 들어간 소리를 듣고는 그 놀이 때문에 방해받지 않으려고 침실 문을 닫은 적이 있다. 아침에 일어나 보니 죽은 쥐가 정확히 침실 문밖에 놓여 있었는데 고양이는 다른 데 가 있었다. 그리고 두어 번은 죽은 쥐를 내 앞에 내려놓고 야옹거린 적이 있다. 나한테 선물을 주고 싶은 것처럼 보였는데 난 아직도 잘 모르겠다.

나비의 포식자적인 습성 역시 문제가 될 때가 있다. 어차피 골칫거리인 생쥐들을 잡아오는 건 환영이다. 하지만 우리는 겨울에 새들에게 모이를 준다. 꽤 많은 수가 찾아온다. 푸른박새, 박새, 찌르레기, 되새, 울새, 굴뚝새, 염주비둘기 그리고 당연히 까마귓과 새들도 있는데 까치, 갈까마귀, 떼까마귀, 일반 까마귀이다. 때로는 피리새와 동고비가 오는 기쁨이 있고, 그래, 아주 드물지만 오색방울새가 오기도 한다. 봄이 되기 직전의 춥고 어두운 겨울날이면 우리는 식탁에 앉아 커피를 마시고 휘핑크림을 곁들인 마지팬 번을 먹으며 창밖에 펼쳐지는 새들의 움직임을 즐긴다.

요즘에는 겨울에 새 모이를 주지 않아서 마음이 영 불편하다. 그런데 고양이에게 진수성찬을 차려주고 싶지는 않다. 몇 번은 나비가 딱새, 울새 아니면 방울새를 물고 들어왔는데 우리는 그 새들이 정원에 있길 바라지 우리 거실 카펫 위에서 피 흘리는 깃털 뭉치가 되길 바라지 않는다. 추위로 꽁꽁 얼어붙은 배고픈 작은 새들은 고양이에게는 너무 쉬운 먹잇감이 되고 우리가 고양이 문을 단 이후로는 나비를 집 안에만 놔둘 방법이 없다.

그래서 이제 창틀에는 고양이가 있고, 창밖에는 새 한 마리 없는 상태로 모닝커피를 마신다. 이 상황이 꽤나 행복한 소리로 들릴지 모르지만 우리는 새들과 보낸 시간이 정말 그립다.

아침 라디오의 자연 프로그램에서 이 문제를 다룬다. 스웨덴에서 주요 포식자인 고양이는 도시 주택가에서 특히 우세하다. 매년 많은 새가 희생되지만 기자의 위로가 되는 말을 들어보면 새들은 어쨌거나 잘 버티고 있는 것 같다.

그렇지만 내가 이미 말했듯이 우리는 울새와 굴뚝새가 나비에게 희생당하는 것이 싫다.

아니, 우리는 나비의 사냥 습성을 별로 좋아하지는 않는다. 그 일로 나비를 혼내도 봤지만 녀석이 주의를 기울일지는 의심스럽다. 고양이는 고양이고 육식 동물이다. 이제 우리가 '고양이 집사'가 되었으니 나비가 때로는 포식자의 본능을 해소해야 한다는 점을 우아하게 받아들이는 수밖에 없다. 게다가 사회적 관계라는 것도 고려해야 한다. 살다 보면 남의 이런저런 나쁜 버릇도 참아야 하는 것이다.

나비가 우리 고양이가 되기 전에 어떻게 살았을까 궁금할 때가 자주 있다. 눈 내리고 어둡고 춥던 11월의 그 아침 이전에도 살기는 살았을 테니 말이다. 그 삶이 얼마나 길었는지 우리는 알지 못한다. 나비를 처음 만났을 때는 이 고양이가 그 전 봄에 아기 고양이였다가 여름 휴가철에 거리 생활을 시작한 '여름 고양이'가 되어 가을이 오면서 힘든 현실에 던져졌고 이제 처음 갖고 있던 아기 고양이다운 귀여움이 없어지기 시작했을 거라고 생각했다. 그렇다면 우리가 처음 만났던 그때 이 녀석은 대략 6개월 정도 되었을 것이다.

난 그 가능성을 계속 믿었다. 하지만 수술해준 수의사가 확인해보더니 우리가 생각한 2010년이 아니라 2009년에 태어났을 거라고 말했다. 그렇다면 나비가 우리와 마주치기 전에 이미 세상의 꽤 많은 것들을 보았다는 뜻이다. 예를 들어, 2009년에서 2010년으로 이어지는 혹독했던 겨울을 살아남았을 텐데 그때는 스코네(스웨덴 남부 지방. 스칸디나비아 반도 최남단에 위치하며 '스웨덴의 곡창지대'라 불린다. 앞에서 저자의 고향으로 언급됨)에 눈이 많이 내려 힘겨웠다. 아니면 우리 앞에 나타나기 전에는 집이 있었던 걸까?

말이 나와서 말인데 나비는 대체 어디에서 온 걸까? 우리는 마을 한복판에 살고 있다. 우리 집 주위에 녹지대가 많기는 하지만 진짜 시골도 아니고 그냥 개인 정원과 공원들 정도다. 나비는 전형적인 스웨덴 집고양이 종류로 아무 농장에서나 쉽게 발견되는 종인데 만약에 우리 집 근처에 농장이 있었다면 어쩌면 그곳 출신이었을지도 모를 일이다. 하지만 가장 가까운 농장이라고 해도 몇 킬로미터 떨어진 곳에 있어서 거기서 여기까지 왔다고 치면 꽤나 척박하고 넓은 주거지와 공업 지구를 지나왔어야 한다. 이런 상황은 별로 와 닿지가 않는다. 한편 고양이들은 호기심이 많다. 트럭 뒤에 뛰어올라 봤다가 빠져나오지 못하고 뜻하지 않은 여정에 오른 건 아닐까? 그런 여행은 꽤나 길었을 테고 일단 마을에 들어서자 어디가 어딘지 전혀 모르는 채로 최고의 장소를 찾았을 것이다. 바로 우리 집 정원.

나비가 혼자서 오랜 시간을 살아남았다는 부분이 가장 짜릿하지만 추운 가을과 초겨울 때문에 녀석은 우리 뜰에 잠자리를 찾으러 와야 했다. 그렇다면 거의 야생 고양이와 같은 삶을 살았단 것이다. 때로 그렇게 행동하기도 한다. 하지만 나비가 우리에게 왔던 그때처럼 힘겨웠을 전년 겨울은 어떻게 살아남았을까? 우린 아마 절대 모를 것이다. 고양이는 인생사를 얘기해주지 않으니까.

정신과 의사였던 나는 어린 시절에 어땠느냐가 나중에 어떤 사람이 되고 어떤 감정을 느끼는지에 중요한 영향을 준다고 자신한다. 흐트러진 어린 시절을 보내면 불안정한 성인이 되어 남들과의 관계에 우유부단해지는 반면에 애정이 넘치는 환경에서 자라면 안정적이고 도량이 넓다. 이런 원칙들이 고양이에게도 적용이 되는지는 모르지만 그럴 수 있다고 믿고 싶다. 이 이야기가 이치에 맞는지 한번 따져보자.

나비는 우리를 찾아와 우리 고양이가 된다고 확신했다. 그와 동시에 조금 불안해했다. 우리가 들어 올리면 즐거워하지 않았고 직접적인 몸의 접촉을 좋아하는 타입이 확실히 아니었다. 나비의 몸뚱어리 위로 갑자기 몸을 숙이면 대번에 두려워했다. 위에서 오는 공격에 대한 공포는 굶주린 독수리가 많은 아프리카 평원에서 진화한 모든 작은 동물의 뇌 속에 깊이 각인되어 있다. 우리는 나비를 상당히 부끄러움 많은 야생 고양이로 생각하곤 하는데 우리가 자기에게 해를 끼칠 생각이 없다는 것을 천천히 그리고 자기 페이스대로 믿기 시작한 녀석으로 보고 있다.

한편 우리 역시 처음부터 다가가기는 힘든 존재였다. 나비는 얼음장 같은 겨울밤들 내내 밖에서 자도록 방치되었다. 어쩌면 나비 입장에서는 자기와 우리가 어떤 관계인지

궁리하는 것이 그리 이상하지 않았을지도 모른다. 자기를 미워하는지 사랑하는지. 만약에 나비가 우리와 가까이 지내길 원한다고 좀 더 명확히 표현했더라면 우리는 한결 빨리 부드러운 태도를 보였을 것이다.

나비는 인간이 자원을 제공해줄 수 있음을 확실히 알고 있었다. 그렇지 않다면 우리를 가까이하지 않았을 것이다. 관계 초기에 나비는 이미 맛있는 음식이 냉장고에 보관되는 것을 안다는 느낌이었다. 텔레비전에도 익숙한 듯했다. 우리는 텔레비전을 그렇게 많이 보는 축은 아니지만 가끔씩 볼 때면 나비도 가까이 앉아 있곤 한다. 나비는 이 모든 단계를 안전의 문제로 연결 짓는 것 같다. 나비는 이따금씩 화면을 보지만 보통은 아니다. 분위기는 편안하고 사람들은 커피 잔이나 유리잔을 달그락거리는 것 외에는 가만히 앉아 있다. 나비가 자기 주인 할머니의 무릎을 찾아온 처음 몇 번이 바로 아내가 텔레비전 앞에 앉아 있을 때였다.

우리가 나비와 알고 지낸 초창기 어느 시점에 우리 손주가 열이 났다. 학교에 갈 수가 없어서 우리 집 소파에서 텔레비전을 보면서 하루를 보냈다. 나비는 그 시간 내내 손자 녀석의 옆에 누워 있었고 둘은 그렇게 가장 친한 친구 사이가 되었다. 서로에게 따스하고 편안했으며 고양이는 배경음으로 들려오는 어린이 프로의 부드러운 웅얼거림을 감상하는 듯했다. 나비는 아이들을 좋아했고 완벽한 애완 고양이 역할을 연기하고 있었다. 나비의 과거가 저랬던 것일까?

나비만큼 배변 훈련이 잘된 동물도 찾기가 힘들 것이다. 음식과 음료가 앞으로 들어가면 뭔가가 뒤로 나와야 하는 것이 당연하다. 하지만 우리는 보통 나비가 쉬야를 하거나 응가를 하는 걸 본 적이 없다. 나비는 이런 일들을 여느 고양이가 그러하듯이 매우 신중히 처리한다. 몇 안 되는 예외 상황 중 하나가 바로 중성화 수술 이후에 나비를 집 안에 둘 때였는데 배에 난 수술 부위가 나을 시간이 필요해서였다. 그때 고양이 화장실을 사서 모래를 붓고 부엌문 곁에 두었다. 나비는 편의를 위해 이 시설을 사용하는 것을 한순간도 망설이지 않았다. 혹시 집고양이로 산 적이 있고 그래서 고양이 화장실이 뭔지 배운 것일까?

아니, 그런 결론을 내릴 수는 없을 것이다. 모래 화장실이 고양이의 내재된 본능에 와 닿았던 것이겠지. 고양이는 먼저 바닥을 조금 파내고 볼일을 본 다음 증거를 덮는다. 우리 집에서 이 모래 화장실을 제외하고는 이런 행위를 할 곳이 없었을 것이고 우리는 그 한 주일만 모래 화장실을 두었다. 사실 나비는 2미터짜리 커피나무 화분의 흙을 파내기 시작했다. 하지만 녀석이 화분 가장자리에 쭈그리고 앉으려 하면 우리가 나서서 방해했다.

나는 나비의 과거를 추측해보면서 재미를 찾는다. 나비의 습관들을 곰곰이 생각해보면 저것들을 어떻게 배웠을까 궁금하다. 나는 나비와 성인, 아이, 개와의 관계를 심리학적으로 분석하고 해석한다. 말했듯이 나비는 아이들을 좋아하지만 개들은 전혀 중요하게 여기지 않는다. 따지고 보면 고양이의 심리를 얼마나 분석할 수 있겠는가? 하지만 어떻게 분석하지 않을 수 있겠는가? 한 번에 질문 한 개씩을 해보려고 한다.

고양이의 행동은 아프리카 저지대 관목 숲에서 어슬렁

거리던 작은 포식자에게서 자연 선택으로 각인되어 태어나기 전부터 프로그램화된 일련의 반응이 아닐까? 심층적인 심리학적 해석은 아니다. 고양이의 행동은 유전적으로 물려받은 본성으로 결정될 뿐이란 말이다. 세모꼴 두 귀는 여러 방향으로 향할 수 있고 예리한 두 눈은 칠흑같이 어두운 열대의 밤에도 먹잇감을 찾을 수 있으며 코는 개만큼 예민하지는 못하더라도 상당히 무딘 후각을 지닌 인간보다 상대적으로 더 발달했다. 두 고양이의 성격이 미묘하게 다르다면 그것은 주로 타고난 기질 탓이다. 프로이트는 여기에 관여되지 않아야 한다. 여기까지의 주장이 객관적이고 이성적으로 들릴 수 있고 심지어 과학적으로까지 보일 수도 있다. 하지만 정말 그럴까?

우리 아들은 그렇게 여긴다. 나비가 자기 개들을 싫어하는 까닭은 모든 고양이가 개를 싫어하기 때문이지 나비가 개에게 특정한 트라우마가 있어서가 아니라는 것이다. 어쩌면 아들 말이 옳을지도 모르지만 그럼에도 나는 나비가 우리를 만나기 전에 겪은 일들이 나비의 성격에 중요한 영향을 주었다고 믿고 싶다.

고양이의 정신생활이 인간만큼 복잡다단하다고 믿는 것은 아니다. 고양이는 그러기에는 너무 '멍청'하다. 그렇다고는 해도 물론 경험에서 어떤 결론을 이끌어내는 것은 가능한 일이다. 아기 고양이의 삶이 어린이의 삶보다 훨씬 덜 복잡하다 할지라도 인간 아기와 아기 고양이는 둘 다 포유류이며 모든 어린 포유류는 처음에 보호와 일정한 정도의 돌봄이 필요하다. 그렇지 않으면 신체적으로 정신적으로 생존하지 못한다. 요약하자면 나는 고양이의 안정적인 성격 형성도 역시 인간처럼 초기 경험과 관련이 있을 거라고 믿는다. 때로 우리 고양이가 인간과의 관계에서 자신의 위치를 확신하지 못하는 걸 보곤 하는데 그럴 때면 나비가 어떤 삶을 살아왔는지 알고 싶어진다. 하지만 나는 당연히 결코 알지 못할 것이다.

나는 다시 심리 분석을 하고 있다. 도저히 멈출 수가 없을 것 같다. 그리고 물론 예전에 정신과 의사였으니까 내 일은 사람들의 생각과 감정과 연관이 있었다. 어쨌거나 우리 세대 모두는 심리 분석을 중요히 여긴다. 이렇게 자기 얘기에 관심이 많고 이렇게나 남들 이야기를 들을 준비가 되어 있는 세대는 그전에 없었다. 하지만 이러한 문화적 환경도 그것만으로는 내가 왜 내 고양이의 정신적 삶에 이렇게 푹 빠져 있는지 충분히 설명하지 못한다. 심리 분석 역시 인간의 생물학적 본성에 깊이 뿌리박혀 있는 특성인 것 같다.

대부분 영장류는 집단을 이루고 인간은 그중에서도 가장 사회적이다. 우리의 사고 과정은 다른 사람들이 뭘 원할지를 계속 파악하는 것을 중요하게 여기는 집단 속에서 진화했다. 타인을 이해하고 싶을 때 좋은 시작점이 되는 것은 남들이 스스로 생각하고 느낀다고 여기며 그 결과 그들이 하는 행동 밑에 계획과 의도가 깔려 있다고 추정하는 것이다. 우리는 인간으로서 이런 분석을 다른 인간에게 적용할 뿐 아니라 또한 이를테면 고양이에게도 적용한다. 때로 우리는 컴퓨터와 자동차 같은 죽은 기계들도 영혼이 있다고 생각하면서 그 기계들이 우리가 시키는 대로 하지 않으면 거기에 대고 짜증을 부린다.

나비의 행동들이 자기 의도를 확실히 드러낼 때가 있는

데 나비는 그 의도를 읽는 우리의 능력을 자주 믿곤 한다. 나비는 닫힌 문으로 걸어가서 먼저 문고리를 쳐다보고 그 다음에 나를 본다. 나는 순종적인 하인이 되어 나의 신문을 치우고 나의 편안한 안락의자에서 일어나서 나비에게 문을 열어주려고 그리로 간다. 나비는 즉시 문밖으로 나가고 나는 고맙다는 눈빛도 제대로 받지 못한다.

물론 나비도 때로 내가 뭘 하려는지 감지한다. 아침에 일어나면 나비는 지금이 바로 그르렁거리며 내 다리를 빙빙 돌기에 좋은 때란 것을 딱 아는데, 그렇게 하면 내가 주방으로 가서 자기 먹을 것을 주는 일로 연결되는 경우가 잦기 때문이다. 하지만 이 모든 경우에도 불구하고 나는 나비가 우리 의도를 읽는 것은 우리가 나비의 의도를 읽는 것에 비하면 그 수가 상당히 적다고 분명히 생각한다. 그리고 나비는 자기가 무엇을 원하는지 우리가 늘 신경 쓴다는 점을 철저하게 이용한다. 이것이 바로 집에 사는 동물이 가지는 기술이다.

매일의 삶에서 마주하는 생명체의 의도와 감정을 읽고

자 하는 것은 우리에게 저항할 수 없는 충동이며, 나비는 자주 그 충동의 대상이 된다. 상황을 너무 지나치게 해석하려고 들다 보니 존재하지도 않는 일을 느끼는 경우도 많을 것이다. 나비가 해달라는 일을 우리가 안 해줄 때마다 나비가 비난하는 표정을 짓는다는 느낌이 든다. 하지만 과연 고양이가 비난하는 감정을 느낄 수가 있을까? 요구하고 심지어 애걸하기까지 하는 것은 나비의 뛰어난 기술이다. 하지만 책망하는 마음을 품을 수가 있을까?

나비가 우리에게 실망했다고 상상하고 죄의식을 느낄 때면 우리는 아마 나비가 갖고 있지도 않은 감정을 스스로 부여하고 있을 것이다.

전에 뜻하지 않게 나비의 꼬리를 밟은 적이 있다. 다행히도 다치지는 않았지만 아파했다. 그러니까 내가 주방에 가는데 나비가 몰래 뒤를 쫓아왔다. 고양이들은 빠르고 소리 없이 움직이니까 나는 나비가 어디에 있는지 알 수가 없었다. 뒷걸음질을 치다가 슬리퍼 아래로 부드러운 걸 느꼈고 커다랗게 야옹거리는 소리가 들렸다. 나는 당장 발을 들어 올렸고 나비는 달음질을 치고는 구석에 앉아서 나를 원망

하는 표정을 지었다. 적어도 나에게는 그렇게 보였다. 마음이 안 좋았다. 난 정말로 나비를 다치게 하기 싫고 오히려 그 반대이며 나비가 나를 믿기만 바랄 뿐이다.

하지만 고양이한테 어떻게 사과를 한단 말인가? 내가 취한 즉각적인 행동은 나비를 팔로 감싸 안아주며 마음을 누그러뜨리는 작은 몸짓을 한 것이었다. 인간이라면 이해할 테고 개도 아마 이해할 것이다. 하지만 고양이라면? 나비는 그렇게 들어 올리면 별로 좋아하지 않지만 그럼에도 나비의 작은 얼굴에 내 뺨을 갖다 대면 골골송을 불러주어 기분이 좋아진다. 하지만 나비는 본질적으로 나의 용서받고자 하는 욕구에 아무런 관심이 없다. 그 꼬리 사건은 별일이 아니었고 나비는 금세 처음에 기대했던 간식을 원했으며 이제 나와 함께 부엌에 있다.

나비가 원한을 품지 않길 바랄 뿐이다. 원한을 품는 개들도 있는데 나비에게서 그런 경향을 느낀 적은 없다. 고양이는 아마도 다른 생물체에게 장기적인 원한을 품기에는 너무 비사회적일 것이다. 다윈은 개들이 누군가 의도치 않게 발이 걸린 것인지 일부러 걷어차는 것인지를 안다고 주장한다. 그 말이 맞을지도 모르지만 나는 고양이도 그 비슷한 구분을 할 수 있을지 확신하지 못하겠다. 고양이들이 설령 생각을 한다 해도 사회적으로 생각하지는 않을 것이다.

사람은 공감 능력을 통해서 동물들을 이해할 수 있을까? 이 질문은 모든 엄정한 과학에서 매우 진지하게 논의되어 왔다. 20세기 중반까지 동물의 의인화는 진지한 학자로 보이고 싶다면 그 누구도 행하지 않을 절차 위반이었다. 과학적 연구를 추구하는 사람이라면 연구 대상인 동물에게 가해지는 자극과 영향을 면밀히 관찰하고 그 반응과 행동을 냉정하게 기록해야 했다. 그 동물이 — 그게 아니라면, 실은 인간이 — 무엇을 경험했는가와 따라서 후에 어떻게 행동했는가 사이에 존재하는 모든 것은 영원히 '블랙박스' 안에 봉해졌다. 동물이 어떻게 생각하고 느끼는지로 들어가려는 노력은 순진한 감상주의라고 여겨질 뿐이었다.

요즘 들어서는 이 무시무시한 죄를 비난하는 태도가 살짝 누그러졌다. 특히 우리의 가장 가까운 친척인 유인원의 사회생활을 관찰하는 연구자들은 유인원의 감정적인 생활이 우리와 비슷하다고 종종 생각한다. 여기에 신기원을 이룬 사상가 제인 구달은 젊은 영국인 비서로 탄자니아에서 침팬지 집단과 같이 살았다. 몹시 열정이 넘치고 호기심이 많고 작은 것까지 꼼꼼히 기록했지만 학문적 정통성은커녕 학교 교육도 충분히 받지 않았다. 구달은 이런 점을 별로 개의치 않고 연구 대상에 이름을 지어주었고 그들의 생각과 감정이 자신과 유사하다고 느꼈다. 이러한 접근법은 굉장히 성공적이라고 증명되었다. 동물들이 우리와 비슷하게 반응한다고 가정하자 과학자들은 이들을 더 잘 이해하게 됐다.

고양이도 똑같지 않을까? 나비와 나의 내면적 생활이 비슷하다고 생각한다면 나비를 다른 행성에서 온 손님쯤으로 보는 것보다는 더 잘 이해할 수 있는 관계가 되지 않을까? 그래, 난 그렇게 생각하고 싶다.

하지만 이건 백일몽에 빠져서 정신을 놓고 있는 것인지도 모른다. 나비를 워낙 간절히 이해하고 싶고 어쩌다 내가 보는 그런 성격이 되었는지 파악하고 싶은 것이다. 나는 나비의 머릿속에 들어가서 해석하고 풀이하고 또 해석한다…… 하지만 고양이는 고양이고 고양이는 우리 인간과는 상당히 다르다. 제인 구달의 침팬지들과는 또 다른 문제이다. 침팬지는 어쨌거나 '우리 사촌들'이 아닌가.

물론 나는 나비의 의도를 해석할 때 모두 잘못 짚는다. 하지만 그게 정말 중요한가? 애완동물을 기른다는 생각 자체가 정말로 의인화 아니던가? 내 인터넷 접속 장치가 일하기를 '원하지 않아서' 내가 거의 미쳐버릴 지경이 될 때면 나비는 서재로 들어와서 내 다리에 자기 몸을 비비댄다. 내가 들어 올려주면 골골송을 부른다. 마치 나를 위로해주려는 것만 같다. 나비의 의도는 아마 그것과 상당히 다를 것임을 나도 기본적으로 이해하지만 나비가 인정을 베푼다고 상상하면 기분이 좋다. 그래서 나는 나비를 좀 더 쓰다듬어주고 나비는 계속 가르랑댄다.

인간은 언어로 서로를 어루만진다. 어린 연인들은 쉴 새 없이 재잘거린다. 상대의 모든 신호를 들으며 낱말들을 씨실과 날실로 삼아 견고한 관계라는 양탄자를 짠다. 실제로 내뱉은 말은 크게 중요하지 않을 수 있다. 하지만 갈등이 생겨나면 침묵은 얼음장으로 변하고 입 밖으로 나오는 몇 마디 안 되는 말은 칼날이 되어 다시 쌓아야 할 단란함을 갈가리 베어버린다.

우리는 나비를 좋아해 언제나 말을 건다. 달래는 듯한 음악적인 어조로 말하는데 마치 아기에게 하는 말과 거의 비슷하다. "귀엽기도 하지." 고양이가 말을 이해한다고 생각하지는 않는다. 귀여워하는 목소리를 이해할 수는 있을까? 어쨌거나 우리는 나비에게 말 걸기를 멈출 수가 없다. 우리는 인간이고 이러한 부드러운 목소리는 우리가 고양이를 아낀다는 것을 보여주는 방식이다.

나비는 우리가 그 많은 시간 동안 함께 쌓아온 유대감에 관심이 있기는 할까? 아니면 그냥 먹을 것과 머리 위의 지붕에만 관심이 있는 걸까? 제 입장에서는 아무 노력 없이 받아먹는 맛있는 음식, '냥모나이트'가 되어 몸을 돌돌 말고 잠잘 폭신한 안락의자와 침대가 있는 곳이니 말이다. 나비는 이 모든 혜택을 만끽하고 이 모든 것을 당연하게 여기는데 딱히 생각할 것도 없이 솔직 담백하게 누릴 뿐이다.

나비가 만족한다는 데는 의심할 여지가 없다. 하지만 나비는 과연 고마워할까?

도리스 레싱은 긴 에세이 정도의 작은 소설을 한 권 썼는데(《고양이는 정말 별나, 특히 루퍼스는……(Particularly Cats)》 - 옮긴이) 주제는 자기 고양이 루퍼스였다. 고양이의 붉은 털 때문에 붙인 이름이다. 루퍼스가 처음 레싱의 애완동물이 되었을 때는 부스스한 모습이었는데 레싱의 집에는 이미 잘 얻어먹고 사는 다른 고양이 두 마리가 있었다. 녀석의 털은 푸석푸석하고 갈비뼈는 다 드러난 데다 물을 엄청나게 마셔대 레싱은 곧장 녀석이 콩팥에 문제가 있다고 여기고 수의사에게 확인을 받았다.

레싱은 이 불쌍한 생명에게 책임감을 느꼈다. 루퍼스는 밥을 얻어먹고 실내에서 자도록 허락받았다. 그러는 동안 수의사에게 몇 번 데려갔다. 이 녀석은 천천히 그리고 공을 들여서 이 노벨 문학상 수상자의 무릎을 차지하려는 싸움을 했다. 의기양양하던 다른 두 마리 집고양이들은 자리를 약간 내어주고 가장 사랑받는 애완동물의 자리가 더 이상 그리 탄탄하지 않다는 것을 받아들여야 했다.

이 책의 매력 중 많은 부분은 고양이들의 성격 묘사에 있다. 원래 이 집에서 잘 살던 애완 고양이들 중 한 마리는 장난기가 있고 호기심이 많다. 그리고 과학적인 천성이 있다고 레싱은 이야기한다. 다른 녀석은 크고 아름다우며 자기만족에 빠진 사교계 인사 같은 고양이인데, 거부할 수 없는 매력을 내뿜는다고 자신하면서 결국 주인 할머니의 애정을 가장 많이 받을 자격이 있는 것은 자기라고 굳게 믿는다. 루퍼스는 아웃사이더이자 성미가 비뚤어졌으며 확고한 프롤레타리아로, 힘겨운 삶 뒤에 마침내 좋은 집을 발견하고 주인 할머니의 관심을 받게 되어 지극히 고마워한다. 그러나 여전히 레싱이 먼저 좋아한 고양이들을 밀어내야 하는 필요성을 강하게 의식하고 있다.

고양이 성격이 각양각색이라는 점은 의심할 여지가 없다. 하지만 고양이가 정말로 고마운 마음을 느낄 수 있을까? 루퍼스가 자기에게 감사하고 있다는 레싱의 확신은 실제로는 없을지도 모르는 감정적인 연결고리를 만드는 나름의 방식이 아닐까? 나는 레싱이 고양이들을 의인화하지 않을 수 없었을 것이라 생각한다. 자신이 루퍼스의 처지라면 고마워할 것이고 다른 사람들과 마찬가지로 레싱 자신이 만나는 모든 생명체는 자기처럼 감정과 생각이 있다고 자연스럽게 그리고 가볍게 상상하는 것이다.

때로는 고양이들의 정신생활이 꼬리에서 나오는 게 아닌가 생각하곤 한다. 그게 아니라면 꼬리가 대체 왜 있겠는가? 고양이들이 앉아서 꼬리를 자기 몸에 두르고 있으면 확실히 우아해 보이고 나비가 꼬리를 빳빳하게 세우고 끄트머리 4분의 1을 살랑살랑 흔들 때면 오만해 보이기까지 한다.

고양이는 꼬리로 무언가를 표현할까? 아니면 꼬리는 단지 척추동물이라는 신분을 확인시켜 주는 표시로 지녀야만 하는 바닥짐 같은 것일까? 앞쪽에 머리, 몸통 가운데쯤 붙은 팔다리, 뒤에 붙은 부록까지가 척추동물의 기본 얼개다. 꼬리를 정말 유용하게 사용하는 동물은 거의 없는데 거미원숭이가 눈에 띄는 예외다. 많은 척추동물이 주로 방해만 되는 것 같은 이 부록 부분을 없애버렸다. 개구리, 우리 인간, 일부 다른 유인원. 물론 고양이의 가까운 친척 중에도 있는데, 스라소니는 뒤에 뭉뚝한 흔적만 있지만 그것만으로도 아주 잘 지내는 것으로 보인다.

그렇다면 고양이는 왜 꼬리가 있을까? 감정을 표현하려고? 그렇다면 누구에게? 인간은 무언의 동작과 자세로 서로 엄청난 양의 이야기를 주고받는다. 만약 우리에게 꼬리가 있었다면 그걸 수천 가지로 이용했을 것이다. 꼬리를 써먹는 방식은 계급을 나타내는 중요한 표시가 됐으리라. 성욕을 느끼는 짝은 꼬리가 서로에게 뒤엉켜 있을 것이다. 꼬리에 리본을 달아 수천 마디 말을 대신하거나 꽃 장식을 못 할 것도 없겠지? 패션 디자이너들은 다양하고 창의적인 작품을 무한히 만들어냈겠고 어쩌면 꼬리를 염색하거나 다양한 무늬로 꼬리털을 다듬을 수도 있을 것이다. 배우들은 무조건 꼬리 동작을 연습해야 할 테고 꼬리 연기는 기가 막힌 효과가 있을 것이다. 꼬리로 얼마나 많은 말을 할 수 있을지 상상해보라!

이런 생각으로 마음껏 상상의 나래를 펼치다 보면 내게 꼬리가 없어 슬퍼질 지경이다. 우리에게 꼬리가 있다면 당연히 고양이나 원숭이의 꼬리처럼 털이 복슬복슬하고 가죽으로 덮여 있을 거라고 생각한다. 털이 하나도 없거나 돼지 꼬리처럼 돌돌 말려 있다면 아무래도 역겨울 것 같다.

그렇지만 나비의 꼬리는 목적이 무엇일까? T. S. 엘리엇의 '호기심 많은 고양이들'은 런던의 클럽에 들어가거나 극장에 나타날 수도 있지만 대부분의 다른 고양이들은 모범을 따르지 않는다. 작은 설치류나 어린 새들을 찾아 자기 영역을 홀로 슬슬 돌아다닐 것이고 이런 일에는 꼬리가 필요 없다. 사실 꼬리는 오히려 방해가 될 수도 있다. 그렇다면 그 쓸모가 무엇일까?

나비가 누워서 자기 꼬리를 네 발로 움켜쥐고 꼬리 끝부분을 핥을 때면 몹시 사랑스러워 보인다. 위생상 필요한 것보다 훨씬 더 오래 하는데 우리는 이를 어린아이가 엄지손가락을 빠는 것과 연관 짓는다. 나비의 꼬리를 감상하면 그 꼬리 덕에 나비가 아름다워짐을 알게 된다. 하지만 나비가 자기 꼬리를 자랑스럽게 흔든다거나 우수에 젖어 질질 끈다고 생각하는 것이 제대로 된 해석인지는 모르겠다. 고양이가 꼬리를 가진 이유는 여전히 무척 난해한 비밀이다. 나는 과학이 여기에 해답을 가졌는지조차 의문이다.

나비의 정신생활을 놓고 이렇게 온갖 생각을 하면서 내가 도대체 뭘 얻으려고 하는 걸까? 확실히 아는 거라고는 우리는 결코 서로를 진심으로 이해할 수 없다는 것뿐이다. 절대로 나는 동물과 말이 통하는 닥터 두리틀처럼 될 수가 없을 테고 나비는 페트손의 그릇된 판단을 지적하고 마구 지껄이는 핀두스로 변할 수 없다(스웨덴 동화《Pettson och Findus》의 등장인물들로 국내에는 〈얀손 아저씨의 행복한 오두막 집〉이라는 제목의 애니메이션으로 방영되었다 - 옮긴이). 그럼에도 우리는 서로를 이해하고 함께 행복한 시간을 보낸다. 우리의 관계는 상당한 오해를 기초로 한다고 생각한다. 그게 뭐 어떠랴! 우리에게 도움이 되는 한, 오해여, 영원하리라.

10

언젠가 프랑스의 아방가르드 시인 장 콕토는 개보다 고양이를 좋아한다고 말했다는데 경찰 고양이 같은 게 없어서 그런 것뿐이랬다. 인간에게 충성을 다할 준비가 된 개들은 끔찍하기 이를 데 없다고 덧붙였다.

개는 소속감이 자유보다 중요하다. 이 점에서 많은 사람과 닮았다. 홀로 남느니 서열에서 가장 낮은 자리를 받아들인다. 개는 주인 말에 복종하고 침입자를 내쫓는 의무를 기꺼이 다한다. 달리 말하면 개는 완벽한 경찰관이거나 끄나

풀이다. 최악의 경우 병장 행세를 할 수도 있다. 서열 저 끄트머리에 있는 녀석도 조금이라도 권력을 가지면 예컨대 짖어대는 식으로 뽐낸다.

작은 고양이야, 작은 고양이야
길에서 뭐 하니?
너는 누구 거니, 누구 거니?
이런 염병할, 나는 내 거야.

덴마크의 가구 디자이너이자 시인이며 수많은 재주가 있던 피트 헤인이 지은 유명한 그루크(gruk, 경구적인 짧은 시 - 옮긴이) 형식의 시 〈스톡홀름 라임〉을 번역한 것인데 독일에 점령당한 시절에 나왔다는 사실도 우연이 아니다. 고양이는 개와 달리 독립의 완벽한 상징이다.

제 갈 길을 가는 나비를 봐도 이런 점이 잘 드러난다. 우리가 녀석보고 오라고 꼬드기면 제 마음에 들 때만 오고, 우리가 무릎이나 소파를 두드릴 때는 혹시 제 바람과 딱 맞으면 몰라도 일절 코빼기도 내밀지 않으려 한다. 기본적으로 나는 이런 점이 아주 만족스럽다.

가만 보면 나는 고양잇과 같다. 난 언제나 어떤 무리에 끼는 데 어려움을 느꼈다. 의사 일을 하는 동안 동료들과 거의 비슷한 업무를 했음에도 반드시 거기에 속하지는 않는다고 생각하기를 즐겼다. 생물학자나 종교학자와 함께 일할 때도 그랬다. 그들 사이를 자유로이 오가며 괜찮은 평판도 얻고 굉장히 잘 어울려 지냈지만 그래도 한 발짝 떨어져 있는 쪽을 골랐다. 나도 그 사람들 사이에 있기를 바랐지만 그럼에도 그들 가운데 하나로 있기는 싫었는데, 이걸 독립심이나 사회성 부족 아니면 좀 더 정확히 말해 거만함으로 부를 수도 있겠다. 혹은 정말로 진지하게 떠맡아야 되는 일에 스스로를 내던지지 못하는 두려움이나 비겁함이 아닐까 싶은 생각도 든다.

나비도 아웃사이더다. 녀석은 함께 살기로 했지만 우리 패거리에 들어올 생각은 한 순간도 안 했다. 나는 개가 사람과 동물 사이도 분간을 못 하기 때문에 별로 똑똑하지 않다고 보는 편이다. 그런 실수를 우리 작은 나비는 하지 않는다. 우리는 우리고 녀석은 누가 지랄하든 말든 자기 자신일 뿐이다. 이런 비사회적인 — 반사회적이라고 하지 않았음을 잘 봐야 함 — 성격에 내가 매료당했다는 것을 부인할 수 없다. 그렇다고 사근사근한 구석이 없다는 뜻은 아니다. 내가 사람들과 유쾌하게 어울려 지낼 수 있듯이 녀석도 그르렁거리며 얌전히 안기기도 한다. 그렇지만 근본적으로 보면 나비나 나나 둘 다 각자의 길을 가려고 한다. 이런 면에서 우리는 똑같다.

우리를 졸졸 따라다닐 필요가 없는 독립적인 나비 덕에 모두가 자유롭다. 하지만 그러다 보니 모두에게 어느 정도는 불안감도 생긴다. 녀석 마음대로 다니다 보니 우리가 일거수일투족을 알지는 못한다. "나비 어디 갔지?" 하루에 몇 차례나 묻지만 돌아오는 대답은 거의 비슷하다. "나도 모르겠어." 녀석이 내 작업실 창문의 바구니나 아내의 침대에서 잠자고 있을 때 가장 안심이 되지만 거기 있든지 딴 데로 가든지 알아서 하도록 놔두고 싶다.

그런데 가끔은 나비가 너무 독립적인 게 아닌가 싶을 때도 있다. 녀석은 잘 안 보이는 곳에 눕기를 좋아하고 내가 옆에 있으면서 쓰다듬으려고 할 때 짜증을 부리거나 멀찌감치 가버리기도 한다. 그러면 나는 퇴짜 맞은 기분이 든다. 어쨌든 우리가 개를 먹여 살리고 잠자리도 주는데 조금만 고분고분하면 어디 덧나나?

고양이는 스스로 제 처지를 선택한 유일한 애완동물이라고들 한다. 인류 최초 집단이 아프리카 사바나를 떠돌아다닐 때부터 함께했던 인간의 영원한 동반자인 개를 빼놓고 본다면 그 말이 맞을지도 모르겠다. 말, 양, 소 그리고 코끼리까지 잡혀서 길들여진 반면에 고양이는 순전히 제 발로 사람들의 거주지에 찾아왔다. 그런데 사람에게 관심이 있어서 그런 것도 아니었다.

우리 조상들이 사냥을 하고 씨앗과 뿌리를 모으며 살아가던 동안은 고양이가 사람을 딱히 거들떠볼 일이 없었다. 사바나는 온갖 쥐가 득시글댔고 여름에는 알을 까고 나온 어린 새가 수두룩했으며 이따금 엄청난 메뚜기 떼도 몰려왔다. 작고 날쌘 사냥꾼들은 먹을거리가 넉넉했다. 그런데 일만 년 전쯤 사람들이 농사를 지어 곡식을 거두기 시작하자 고양이도 관심이 생겼다. 고양이가 능숙하게 사냥하는 작은 설치류가 곡물 창고에 모였다. 쥐는 낟알을 좇고, 고양이는 쥐를 좇는다.

유전학자들은 어느 정도 사람 손을 탄 집고양이의 계보가 중동과 이집트까지 거슬러 올라간다고 보는데 그럴 법하다. 경작이 처음 일어난 곳에서 들고양이들은 농사로 생긴 새로운 기회를 얼른 이용해 먹었다.

나는 실제로 아프리카 들고양이를 본 적 있다. 쌀쌀한 겨울밤 남아프리카 크루거 국립공원의 대규모 관광객 캠프 사타라에서 몇 킬로미터 떨어진 곳에 웅크려 있던 놈이었다. 거기는 사자와 표범이 많이 살기로 유명한 곳으로, 대형 고양잇과 동물은 탁 트인 사바나에서 비교적 만나기가 쉬운 축이다. 진짜 들고양이는 마주치기 훨씬 더 어렵다. 야행성이고 겁이 많은 데다 회색 빛깔이 감도는 털빛은 메마른 덤불숲에 완벽히 녹아든다.

야간 사파리를 예약한 우리는 단조로운 풍경 속으로 들

어갔다. 잠시 뒤 어둠 속에서 뭔가 보였다며 관광객 한 사람이 소리쳤다. 사파리 자동차가 전조등을 비추자 작은 고양이는 힐끗 쳐다보더니 사람들이 구경하도록 제자리에 얌전히 있었다. 들고양이는 얼굴이 우리 집 나비를 쏙 빼닮았고 고양이들의 버릇처럼 꼬리를 말쑥하게 몸에 말아놓았다. 털은 나비보다 더 고르게 밝은 회색이었지만 나비에게서도 또렷이 보이는 귀 사이의 짙은 줄무늬가 들고양이한테서는 매우 선명했다. 우리 집 침대의 집고양이와 황량한 아프리카 사바나의 들고양이가 모두 똑같은 종임을 아무도 의심할 여지가 없었다. 그런데 머리와 등에 커다란 회색 반점을 지닌 인접 구역의 고양이는 우리 쪽보다 덜 들고양이 같았다.

페키니즈 개, 아이슬란드 말, 스웨덴 붉은 얼룩소는 확실히 인간의 욕구대로 만들어진 것이지만 들고양이와 집고양이의 경계는 뚜렷이 나뉜 적이 전혀 없다. 사람과 바로 이웃해 사는 고양이 대부분은 들고양이의 겉모습과 성질을 적잖이 간직했다. 가장 순종인 장모종 고양이나 샴 고양이조차도 아주 단순한 똥개보다 야생성을 더 많이 지닌다.

개들은 금세 사람 무리의 일부가 됐지만 고양이들은 동반자 관계의 전제 조건이 아예 달랐다. 고양이의 관점에서 사람의 임무는 식량 자원을 모아서 고양이의 중요한 먹잇감인 들쥐와 생쥐를 끌어들이는 것이다. 누이 좋고 매부 좋은 일이다.

고양이는 결코 개처럼 사람의 사냥 동무가 된 적도 없고 말과 소처럼 일꾼 노릇도 하지 않았다. 소, 양, 돼지처럼 젖이나 고기를 내놓지도 않았다. 그렇지만 사람들은 곳간에 고양이를 두는 것이 실용적임을 이내 깨달았다. 눈망울이 애원하듯 커다랗고 털가죽이 보드라운 귀여운 새끼 고양이들은 일종의 살아 있는 털 인형처럼 아이들의 사랑을 금방 독차지했다. 사람은 고양이를 받아주기만 한 것이 아니라 소중히 여기기도 했다. 그러나 고양이는 개와 달리 집에서 아이처럼 대접받은 적이 결코 없었고 농장 끝자락에 머물러 있기만 하면서 들짐승과 길들여진 가축의 경계를 오갔다.

믿음 없는 고양이들과 믿을 만한 개들을 견주었을 때는

언제나 고양이들이 불리했다. 누구도 이유를 집어내거나 설명하지는 못해도 고양이와 사람은 원래부터 적대적이라고 생물학자 칼 폰 린네는 제자들에게 말했다. 확실한 한 가지는 잠자리 곁에 고양이를 두면 병에 걸린다는 것이라고 했다. 린네는 동물을 좋아했다. 웁살라(Uppsala, 스웨덴 중동부의 주)의 집에서 함께 살던 원숭이 디아나와 너구리 슈프 얘기로 정이 넘치고 통찰력 있는 글도 썼다. 고양이와 함께 자면 목숨이 위험할지도 모른다는 정신 나간 생각은 대체 어디서 나왔을까? 원숭이 디아나와 너구리 슈프는 둘 다 주인을 무척 잘 따르는 반면 고양이들은 비위 맞출 줄도 모르는 듯 굴다 보니 사람에게 손톱만큼의 해악도 안 끼치는 귀엽고 깔끔한 동물과 거리를 두게 된 것일까?

1800년대 중반 룬드 대학 동물학 교수이던 스벤 닐손도 고양이 얘기를 별로 좋게 하지 않았다. 개는 믿을 만하지만 고양이는 그렇지 않다는 것이다. 개는 충실한 사냥 동무인데 고양이는 작은 사냥감을 놓고 사람과 경쟁한다. 쥐가 설치지 못하게 막는 데는 나름 쓸모가 있어도 그것 말고는 해로운 동물이었다.

유럽 들고양이는 스벤 닐손에 따르면 새와 물고기를 잡아먹는 '위험한 맹수'인데 집고양이도 그런 야생 친척의 성질을 많이 간직했다. '음흉하고 광폭한 성정'은 완전히 뿌리 뽑을 수가 없다는 말이다. 빼도 박도 못할 증거도 제시한다. 룬드 시로부터 5킬로미터쯤 떨어진 베스트라 오다르슬뢰브 마을에서 집고양이 한 마리가 야생으로 돌아가서 양 몇 마리를 죽였다는 것이다. '요람에 있던 무방비 상태의 아기를 죽이거나' '노인에게 심한 상처를 입힌' 고양이들의 사례도 있었다. 그러므로 침실에 고양이를 두는 것은 전혀 적절하지 못한 일이었다. 고양이는 팔딱거리는 경동맥을 보면 자극받아서 달려들어 핏줄을 할퀴고 물어뜯기 때문에 고양이 임자가 조심성이 없다면 출혈로 죽을 위험도 있다는 것이다. 고양이는 스벤 닐손이 썼다시피 배고프거나 딱히 그럴 필요가 있어서가 아니라 피에 목마르고 잔인하다 보니 '무방비 상태의 동물'을 공격한다. 그러면서 동시에 게으른 겁쟁이들이다.

입에 발린 칭찬도 거의 없는데, 스벤 닐손이 살던 시절은 흔히 동물의 습성을 인간 도덕의 관점으로 봤다. 아무튼 맞는 말도 있다. 고양이는 가지고 놀려고 쥐와 새를 잡기도 한다. 스벤 닐손이 정확히 지적하는 바대로 꽤 게으를 뿐만 아니라 확실히 겁이 많아 보인다. "못 싸우겠으면 차라리 도망가라!"가 고양이의 신조로 보이지만 딱히 이런 것을 가지고 기분이 나쁠 까닭은 없다고 본다. 이제 우리는 동물을 인간이 만들어놓은 도덕을 기준으로 바라보지 않는다. 시대정신이 바뀌었다.

린네와 스벤 닐손은 고양이가 거짓되며 믿을 만하지 못하다고 여겼다. 이와 달리 항상 주인이 무엇을 바라는지 귀를 기울이고 몸짓 하나하나에 촉각을 곤두세우는 개는 '사람의 가장 좋은 친구'였다. 자유 대신 의리가 이상적 가치였다. 그러다가 1900년대가 되자 지식인 스놉들의 생각이 달라졌고 장 콕토는 자기가 활동하던 문학가와 예술가 무리에서 이상으로 보던 사회적 지위의 평등을 향한 저항적 상징으로 고양이를 치켜세웠다. 문단과 예술계에서 자유와 독립은 흔들리지 않는 충성보다 중요했다.

고양이가 애완동물로 점점 더 많은 인기를 얻은 것은 아마 우연이 아니리라. 현대인은 스스로를 집단의 구성원보다는 어딘가에 얽매이지 않은 자유로운 개인으로 보려고 한다. 그래서 고양이와 쉽게 동일시한다. 주인에게 의존한다는 것을 이따금 거의 인정하지 않으려는 뻔뻔한 고양이가 강박적으로 우리 비위를 맞추려는 개보다 매력적으로 보인다. 누구든 길들여지기보다는 제멋대로 굴고 싶지 않을까?

고양이가 우리를 골랐지 우리가 고른 게 아니다. 고양이들은 수천 년 동안 그랬기 때문에 꼬리를 자랑스레 치켜들 만하다. 이들은 계급을 부여받기 거부하는 자립적인 개인주의자들이다. 많은 사람이 꿈꾸는 바로 그런 주체적인 모습이다.

"나는 고양이를 사랑한다.

고양이는 눈으로 확인할 수 있는 내 집의 영혼이다."

_ 장 콕토

11

고양이한테서 뭐든 배울 수 있겠으나 부지런함만은 아니다. 맹수들이 그렇듯, 짝짓기나 먹이처럼 곧바로 얻는 소득이 없으면 에너지를 거의 쏟아붓지 않는다. 잠자는 고양이만큼 평화로운 것은 쉽게 볼 수가 없으니 말이다.

자연은 철철 넘치는 듯 풍요롭게 보일지도 모르지만 근본적으로는 인색하다. 자연 선택은 깐깐한 훈련 교관 같다. 종족 확산에 이바지하지 못하는 모든 기질은 가차 없이 가지치기를 당한다. 살아남고 번식하려면 유기체는 먹이가 있어야 하고 '숙녀들의' 관심을 끌려면 이따금 약간의 화려한 장식도 필요할 수 있다. 그렇지만 행동이든 외양이든 쓸데없이 삐죽 나온 군더더기는 모두 솎아진다. 주목할 점은 고양이가 삶의 대부분을 잠으로 보내버린다는 것이 아니고 어째서 사람은 그러지 않느냐는 것이다.

요즘 사람들은 잠잘 겨를이 별로 없다. 도무지 쓸모없어 보이기도 하는 온갖 일에 항상 바쁘다. 책을 읽거나 전화를 걸거나 일을 마쳐야 한다. 친구, 친지 또는 직장 동료와 근황 잡담을 하고 사회, 직장 또는 정치권에서 무슨 일이 벌어지는지 알아둬야 한다. 잘 차려입고 제대로 먹는 데 돈과 시간을 바치고 최신 유행도 파악해야 한다. 이런, 우리도 시간을 철철 흘려보내려고 혈안이 되어 있잖아? 고양이는 이런 걱정거리 없이 잘 산다. 아니, 즐거운 소일거리가 없는 건가?

내 휴식은 큰 계획 속에 포함될 때가 많다. '지금부터 한 시간 쉬어야 그다음 해야 될 일이…….' 고양이는 그런 유보 조건에 구애받지 않고 온전히 지금을 산다. 고양이가 바구니 안에서 몸을 웅크리고 있거나 침대에서 기지개를 켤 때는 오로지 쉬는 것 말고 없다.

린네도 태도와 생각이 나와 비슷했다. 고양이는 모든 동물 가운데 가장 편하게 지낸다는 것이다. 난롯가에 하루 종일 누워 먹을거리나 내일 걱정 따위는 제쳐둔다. 불안 속에서 자기 지위를 지키려고 부단히 애쓰던 린네는 고양이의 이런 무심함이 부러웠을지도 모른다. 난 이해가 된다.

비록 열심히 일하는 법은 나비에게 못 배워도 다른 것은 도움을 받을 수 있을지도 모르겠다. 녀석이 모든 근육에 힘을 쫙 뺀 채로 온몸을 말고 바구니 안에서 쉬는 모습을 볼 때면 나도 같이 빨려들어 쉬어야 될 것만 같다. 느긋한 휴식은 하품이나 웃음과 마찬가지로 전염성이 있다 보니 '지금 여기서' 쉬는 나비의 모습을 눈앞에서 보면 나도 그렇게 쉴 자리를 찾아 나선다.

린네는 고양이가 스스로 편하게 있도록 타고났을 뿐 아니라 쉽게 잠잔다는 점도 지적했다. 잠자는 고양이는 순식간에 깨어난 고양이로 돌변할 수 있기에 모든 감각을 곤두세우고 근육도 완벽한 준비를 갖추어 도망치거나 싸운다.

지금 이 순간을 재빨리 손에 넣는 것이 관건이다. 무슨 일이 일어났지? 뭐, 신경 쓸 일 아닌가 보네! 그럼 다시 온몸을 돌돌 말자. 뇌 속 전기 스위치가 꺼지면 고양이는 또다시 제대로 늘어진다.

심리 치료사 사이에서는 순간 속에서 치유하는 마음의 근본을 찾는 '마음 챙김' 얘기가 유행이 되었다. 고양이는 그렇게 곧바로 지금의 존재가 되는 법을 일깨우는 최고의 교관이다. 몸 매무새를 가다듬는 고양이는 사람을 끌어당긴다. 천천히 체계적으로 뒷발, 앞발, 배와 등을 지나가는데 꼬리는 좀 더 주의를 기울인다. 그런 다음에는 얼굴을 문지를 때가 오는데 양쪽 앞발을 번갈아 쓴다. 나비는 이런 의식을 거행할 때 기분이 무척 좋아 보인다. 십 대 여자아이들이 화장을 하듯이 매무새 단장의 즐거움에 스스로 깊이 빠져든다.

개인적으로 나는 한 번에 한 가지 일에 집중하지 않으면 안 된다. 지금 당장 하는 일과 아무런 상관이 없는 것들은 모두 짜증스럽다. 예를 들어 나는 책을 읽고 있을 때 음악을 들을 수 없다. 음악을 듣든 책을 읽든 하나만 고른다. 이리저리 곁눈질하다가는 하나도 제대로 못하기 때문에 쓸데없는 것은 옆으로 치워 그럭저럭 해낸다. 이런 면에서 나비는 나보다 항상 우월하다.

나는 고전 음악을, 특히 150년 전 작곡된 작품들을 좋아한다. 현악 사중주 같은 실내악일 수도 있지만 관현악단에서 음악가 백여 명이 악기가 어디까지 견디는지 보자는 듯이 힘차게 밀어붙이는 차이코프스키, 말러, 시벨리우스, 프로코피예프, 쇼스타코비치 같은 요란한 관현악일 수도 있다. 나는 음악을 향한 열망에 걸맞게 강력한 증폭기와 웅장한 스피커가 딸린 최고급 하이파이 시스템을 집에다 갖춰놓았다.

나비는 음악에 딱히 관심은 없는 듯싶은데 내가 음악을 들을 때면 자주 딴 방으로 간다. 그런데 어떨 땐 1.5미터 높이 스피커들 사이로 가서 양탄자 위에 눕는다. 말러나 쇼스타코비치가 총알처럼 소리를 쏘아대지만 그렇게 시끄러운 와중에도 고양이는 아주 느긋하게 잠시 매무새를 가다듬고 웅크린 다음에 쥐 죽은 듯 조용한 방인 것처럼 잠든다.

잠깐 동안 나는 음악을 잊고 놀란 눈으로 나비를 바라본다. 어쩌면 저렇게 전혀 아무렇지도 않을 수 있을까?

녀석은 청각이 극도로 예민하다. 녀석은 옆방에서 쥐가 조용히 달그락대는 소리도 들을 수 있지만 말러가 그야말로 '나발 불고 북 치듯' 사정없이 쿵쾅거려도 아무 상관도 안 하고 얌전히 쭉 매무새 단장만 한다. 반면에 아래층 자물쇠에서 열쇠 돌리는 소리가 들리면 반응을 한다. 마치 녀석의 세모 귀가 시끌벅적한 소리는 다 걸러내어 마른 잎사귀 사이에서 바스락거리는 새라든가 자물쇠에서 돌아가는 열쇠 소리를 더욱 잘 듣게 되는 것 같다.

시끄럽지만 안 중요한 것들을 개의치 않고 나지막하지만 중요한 것들을 잽싸게 담아두는 능력이 나는 정말 부럽기만 할 따름이다. 나 같은 늙은이의 무딘 감각은 정반대로 작동한다. 길거리의 소음은 새소리를 덮어버리고 배기가스는 꽃 내음을 쫓아낸다.

고양이는 본질적인 것과 그렇지 않은 것을 구별할 수 있을 뿐 아니라 질적 차이도 잘 느낀다. 언젠가 우리는 늘 먹이던 건사료 대신 기분 전환 삼아 진수성찬인 연어 무스를 사다 주었다. 무척 잘 먹었기 때문에 시간이 지나면서 그런 깡통이 더 많이 쌓이게 되었다. 우리가 양보한 덕분이다.

그렇지만 이따금 좀 더 단순한 또 다른 깡통 음식을 먹여 봐도 되지 않을까 하는 생각도 했다. 뭐 아무튼 조심조심 냄새를 맡고 슬쩍 맛을 보더니 국물이나 젤리만 핥고서 녀석은 익숙해서 꽤 좋아하는 건사료로 되돌아간다. 남은 깡통 음식은 접시에 그대로 있는데 시간이 흐를수록 입맛을 돋울 것처럼 보이지는 않는다. 녀석의 태도는 맛이 있을지 없을지 모를 음식을 앞에 둔 섬세한 미식가 같다. 나비가 꼭 이렇게 말하는 듯싶다.

"굴과 샴페인이 있는데 뭐하러 소시지를 먹고 싸구려 맥주를 마셔요?"

그러니까 간단한 깡통 음식은 아주 간단히 제쳐버리는데 우리가 누그러져서 진수성찬을 내놓으면 만족스럽게 가르랑거리며 누가 봐도 즐겁고 신나게 먹는다.

우리는 원칙을 세우고자 한 것이다. 고양이 진수성찬이라고 해봤자 다른 깡통 음식보다 엄청 비싸지도 않지만, 굳이 그렇게 한결같이 호화롭지는 않아도 된다고 생각한다. 우리 스스로도 그렇게 안 지낸다. 사이사이에 소박한 맛도 봐야 사치스러운 맛의 즐거움도 더 크게 누린다. 그렇지만 나비는 도덕적 원칙 따위는 깡그리 무시하고 그냥 좋아하는 음식을 먹는다. 먹고 싶은 게 없으면 할 수 없이 건사료로 때우는데 거의 드물게 배가 너무 고플 때 그런다. 아무래도 우리 고양이는 응석받이로 자랐나 보다.

게다가 한 가지만 먹지도 않는다. 개는 날이 바뀌고 달이 바뀌고 해가 바뀌어도 똑같은 개밥을 게걸스럽게 잘도 먹는 반면에 고양이는 생각이 다르다. 우리가 좀 특별한 것을 줄 계기가 생길 때마다 녀석은 참치 무스를 아주 신나게 먹었는데 문득 더는 먹히지 않게 되었다. 우리가 냉장고에서 캔을 꺼내놓으면 녀석은 여느 때처럼 가르랑대지만 내용물이 접시 위에 올라오면 킁킁대고는 홱 돌아서서 건사료를 먹으러 간다.

우리는 기분을 잡친다. "이게 무슨 바보짓이야! 너한테 준 먹이가 잘못된 것은 전혀 아니니까 싹 먹어 치우기 전까지 딴것은 꿈도 꾸지 마." 참치 무스가 그대로 남아 있으니 아무것도 안 준다. 저녁이 되도록 여전히 안 먹자 우리는 다시 내용물을 깡통 안에 담아 냉장고에 넣는다. 이튿날 아침 다시 내오면 또 쌀쌀맞은 눈길만 받는다. 건사료 우적대는 소리만 들린다. '내가 배고프지 않은 거라고 생각하면 안 돼요. 근데 그거 먹느니 차라리 배고프고 말래요.'

나는 일정한 원칙에 맞게 살려는 사람이지만 그러다 보니 외려 그런 결의가 꾸준히 실패하게 마련이다. 세 번째 내온 참치 무스도 똑같은 경멸을 받는다. 이제 더는 원칙에 매달릴 기력도 없다. "그럼 연어 무스 먹어보자."

그래, 이제 먹히는군. 깡통 하나는 5크로나(한화 약 680원)밖에 안 되니 난리법석 피울 일도 아니다. 문제는 내 도덕적 기준이 무너진다는 기분이 든다는 것인데 좀 더 기강을 세웠어야 되는 게 아닌가 싶기도 하다. 말썽꾸러기 고양이는 그냥 흡족한가 보다. 걔는 도덕적 원칙 따위는 개나 줘버린다.

한편 나비의 행복 철학은 먹을거리에만 국한되지 않는다. 더 좋거나 나쁜 잠자리도 있다. 앞서 말했듯이 녀석은 주인 할머니 침대의 수건 위에서 밤중의 대부분을 보내곤 한다. 그런데 우리가 깨끗한 침대보를 새로 사 오자 천이 더 빳빳한 수건보다 그 위에 눕는 게 더 아늑함을 금세 깨닫고는 수건 바로 옆에 살그머니 자리를 잡았다. 무척이나 분명한 메시지였다.

여기까지 읽은 독자라면 아마 깨달았겠듯이 내 고양이는 아무 거리낌도 없는 향락주의자라서 가장 좋은 것만 받아먹는 데 한 점의 부끄러움도 못 느끼는 쾌락 완전체다. 내가 보기에는 매력적인 성격이다. 나비는 짧은 생애 동안 이런저런 일을 겪었다. 집도 절도 없이 겨울밤을 보내기도 했고 응석받이 집고양이도 됐다. 언제든 상황을 최대한 써먹을 줄 아는 장점을 갖춘 녀석이다. 필요하면 바구니 속 딱딱한 연장들 사이에서 잠잘 수도 있는데 안 그러면 한데서 칼바람 부는 겨울밤을 나야 한다. 그러니까 수건이 깔린 부드러운 침대가 좋고 보드라운 새틴 침대보가 낫다는 것은 두말하면 잔소리다.

나는 그런 삶의 태도를 존중한다. 나비는 이왕이면 나은 것을 망설임 없이 고르지만 다른 한편으로 딱히 더 나은

게 없다면 꽤 비참한 상황도 겸허히 받아들인다. 부지런함은 내가 알아서 챙겨야 하겠지만 이런저런 시련을 어떻게 견디는지는 녀석에게 배울 수 있겠다 싶다. 그게 바로 내가 갖출 덕목이다.

다시 봄이 왔다. 눈풀꽃도 노랑너도바람꽃도 한참 전에 피었고 크로커스는 이제 슬슬 좀 지쳐 보인다. 룬드는 이른바 '교수 마을'의 꽃밭들이 무릇으로 퍼렇게 덮이는 시기다. 몇 주 지나면 목련이 제철이다. 우리 마당에서 일찍 피는 품종은 벌써 싹이 텄고 또 다른 꽃은 룬드 학생 중창단이 노래 공연을 하는 오월을 기다린다.

우리 고양이와 맞이하는 두 번째 봄이다. 나비는 겨울이 지나가서 무척 흐뭇한 모습이다. 한나절 내내 거의 집 밖에서 논다. 낮에는 우리 내외도 역시 밖에 나가니 우리를 신경 쓸 일도 없겠지만 어차피 나비와 뒝벌을 쫓아다니느라 무척 바쁘신 몸이다. 이따금 생쥐도 들여온다.

나비가 마당 문 위에 앉아 들어가게 해달라고 빌던 때가 이제 1년 반이 다 돼간다. 그날부터 녀석은 우리 일상에서 빼놓을 수 없는 부분이 됐고 그래서 나도 즐거운 편이다. 고양이와 함께 살기보다 나쁜 일만 아니라면, 전혀 예상치 못한 일과 맞닥뜨리는 것이 스스로 발전하는 데 도움이 될 때가 많으리라 본다. 노인은 어떤 습관에 매달리는 경향이 있다. 나비 덕에 우리는 이런저런 일들을 다시 생각해보게 됐고 대개는 유익했다.

동시에 고양이는 습관의 동물이다. 거의 일과처럼 하루 중에 때마다 할 일이 있다. 나비는 집사람 침대에서 자다가 밤중에 깨어 고양이 구멍문으로 나간다. 가끔 생쥐를 물고 들어온다든가 할 때가 있는데 자주 그러지 않아 천만다행이지만 아무튼 그럴 때 말고는 밖에서 뭘 하는지 도무지 알 수도 없다. 우리 부부가 아침 6시 반에 일어나면 녀석은 잽싸게 와서 우리 다리를 쓰다듬으며 가르랑거린다. 문안 인사를 하고 아침밥을 잘 얻어먹으려는 심산이다. 아침이면 마침 딱 배고플 때다. 낮에 이것저것 주워 먹어도 되지만 많이 먹지는 않는다.

그러고 나서 아마 볼일을 보려는 모양인지 잠시 나갔다가 이내 다시 집 안으로 들어온다. 춥고 어두운 계절에는 라디에이터가 밑에 있는 창가를 즐겨 찾는다. 거기 줄곧 앉아 아름다운 풍경 앞에서 깊이 생각에 잠기기라도 한 듯이 쭉 늘어진 채로 우두커니 밖을 바라본다. 그다음에 보통은 내 서재 창가 바구니로 찾아와 잠시 몸단장을 하다가 돌돌 말고는 잠이 든다.

그런데 우리가 부엌에서 뭘 하느라 바빠지거나 손주들이 찾아오면 나비는 깨어나 재빨리 와서 뭔가 재밌는 일이나 얻어먹을 것이 생기는지 살펴본다. 우리가 산보나 용건 때문에 나가느라 얼마간 집에 혼자 놔두면 대개 자물쇠에 열쇠 끼우는 소리가 나자마자 곧바로 반응한다. 우리가 문 따기 전에 벌써 현관 바로 앞에 서 있기도 한다. 날씨가 좋으면 밤늦도록 밖에서 놀 때가 많고 날씨가 나쁘면 바구니

밖으로 웬만해서는 안 나간다. 저물녘에는 다시 동네 한 바퀴 돌러 나가서는 대개 우리가 잠자리에 들 때까지 놀다가 자정 무렵 주인 할머니 침대로 돌아온다. 하루가 끝난다.

특별한 일이 생기면 물론 이 일과는 바뀌지만 원칙상 생활 리듬은 하루하루가 비슷해서 내 마음에 쏙 든다. 내가 아는 대부분의 작가처럼 나도 날마다 꼬박꼬박 하는 일이 있다. 상사도 없고 정해진 근무 시간도 없으니 스스로 시간표를 잘 짜야 한다. 그냥 돌아다니거나 영감이 떠오르기를 기다려 봐야 별로 소용없다. 먹어야 식욕이 생긴다고들 하는데 나는 영감이라는 게 떠오른다면 일을 할 때 그렇다. 그래서 난 다른 일이 없으면 아침을 먹자마자 컴퓨터 앞에 앉아 점심때까지 있어보고 다시 오후에 잠깐 돌아온다. 그러니까 내 최상의 업무 시간은 나비가 바구니 안에서 즐겨 보내는 시간과 얼추 잘 겹친다. 따라서 우리 둘은 서로 조금 어울려 지내는 셈이고 나비의 일과 덕에 내 하루도 잘 돌아간다.

물론 나비와 나는 함께 살면서 서로 가까워졌지만 여전

히 거리가 있어서 때에 따라 싫기도 좋기도 하다. 여전히 무릎 고양이 노릇은 안 하지만 나보다 오래 애완동물을 키워본 누이들은 녀석이 늙으면 그렇게 된다고 말한다. 무릎 위에 잘 올라오게 되면 즐겁겠지만 언제나 가까이 있으면서 기대려 들면 나도 달갑지 않을 것이다. 그러면 혼자 놔두고 며칠 집을 비우기가 힘들어질 텐데, 우리는 아직도 가끔 그러고 싶기 때문이다.

나비는 우리 무릎에는 눕지 않더라도 우리 손길에는 차츰차츰 길들었다. 처음에는 우리가 들어 올리면 뻣뻣해졌는데 요즘은 아무렇지도 않다. 내가 품에 안으면 가르랑대기도 하고 우리가 얼굴을 쓰다듬어주면 발라당한 채로 가르랑거린다. 딱 발랑 까진 요물다운 몸가짐이다.

하지만 가끔은 열심히 눈에 안 띄려 하는데 은신처도 따로 있다. 가까이 있다는 게 뻔해도 바로 찾아내기는 힘들다. 손님 방 침대 밑 매트리스, 우리 자식과 손주가 갓난아기 때 누워 있었지만 이제 다락 꼭대기 잡동사니 더미로 치워진 바구니를 비롯한 몇 군데를 즐겨 찾는다. 어쩌다가 그런 후미진 곳들을 찾아내 좋아하게 됐는지 궁금하기도 하다. 이를테면 문간방 옷장 맨 위 시렁까지 가려면 수직 기둥을 오른 다음에 옷걸이에 걸린 옷들 위에서 되똥되똥 걷다가 모자와 장갑 따위를 놓는 시렁을 이루는 작대기 두 개 사이의 좁은 틈을 기어서 지나야 한다. 그런데 꽤 날렵하게 오르내린다. 많은 단골 아지트의 공통점은 정말 거기 있는지 확인하려고 의자나 층계를 오르거나 하는 노력을 일부러 하지 않으면 찾을 수 없다는 것이다. 그래서 바라는 대로 누구의 방해도 없이 평온히 있을 때가 많다.

비록 나비가 여전히 가끔 물러서긴 하지만 그래도 우리들 사이의 신뢰는 전보다 커졌다. 시간이 걸렸다. 고양이들은 뭐든 당연하다고 생각하는 법이 없다.

서로를 향한 우리의 믿음은 나날이 늘었는데 원래의 소원함도 조금 남아 있다. 우리가 평소와 달리 행동하면 녀석은 가끔 화들짝 놀라는 것 같아서 몇 시간 동안 안 보이면 아예 사라져 버린 건 아닌지 끊임없이 불안불안 걱정한다. 하지만 세월이 흐를수록 서로 더더욱 믿음이 생겨 얼마 동안 못 봤으면 녀석은 머리를 우리 내외 다리에 문지르는데,

내가 알기로는 인사하려는 의도일 뿐이다. 내가 휘파람을 불면 나비가 오는 것도 어느새 흔해졌는데 곧바로는 아니지만 몇 분 지나면 온다.

우리가 알고 지낸 몇 년 동안 나비는 밥과 집을 그냥 날로 먹기만 하지 않았다. 우리 집고양이로서 고양이만이 할 수 있는 방식으로 사회 구성원이 되는 경력도 쌓았다.

스웨덴처럼 질서 정연한 나라에서 고양이는 정부의 조사 대상이 될 수 있다. 조사에 따르면 사람이 고양이를 어떻게 보는지에 따라 관계는 엄청나게 달라질 수 있다. 한쪽 극단에 있는 의식적으로 개량한 값비싼 고급 품종 고양이는 사치스러운 장식품으로서 주인이 고양이 쇼에도 데리고 가서 상도 받을 수 있다. 이와 극적으로 대비되는 버려진 길고양이는 아무도 돌보지 않지만 사람의 개입 없이도 번식은 잘 한다. 어떤 길고양이는 실수로 버려지거나 길을 잃은 것이고 어떤 녀석은 임자 없는 암컷한테서 태어난 것이다. 어느 쪽이 나비의 운명이었는지는 결코 알 수 없으리라.

양식 있는 시민의 눈으로 보면 길고양이는 잡것이자 어

딜 싸돌아다니는지 모를 동물계의 유랑객이다. 문제 많은 떠돌이 집단과 비슷하게 되는대로 번식도 빨리 하는 축이다. 길고양이는 위생 문제도 일으킬 수 있는데 아무 데서나 똥오줌을 누고 특히 봄에 흘레붙을 때 시끄러워서 민감한 사람은 밤잠을 설칠지도 모른다. 게다가 맹수 기질 탓에 희귀 동물 멸종에 박차를 가할 수도 있다. 정부 조사 담당자가 확인한 바대로 고양이에게 먹이를 준다고 해결될 문제는 아니며 아무리 배가 불러도 사냥 본능을 잠재울 수는 없다. 고마워요. 다 알거든요! 우리 응석받이 고양이가 배고파서 밤에 생쥐를 집으로 들이는 것은 아니다.

그런데 어쩌면 동물계의 룸펜프롤레타리아트가 못 지내는 모습은 무엇보다 충격적일 수밖에 없다. 굶주리고 아픈 고양이들은 너무 비쩍 말라서 갈비뼈가 툭 튀어나왔을 뿐 아니라 털은 벼룩과 이가 한가득하다. 여러 가지 질병은 잘 돌봐지는 고양이에게도 전염되고 최악의 경우는 사람에게까지 옮는다. 특히 창자 기생충이 그렇다.

사람, 환경, 고양이를 모두 염두에 두고 사회적인 개입이 이뤄져야 한다. 기다리기만 해서는 안 된다. 경험에서 드러

나듯이 길고양이 개체 수가 늘면서 문제도 심각해진다.

그래서 여러 가지 해결책이 시도되었다. 그중 하나가 공공 중성화 계획이다. 고양이를 잡아 거세하고 다시 풀어준다. 예컨대 덴마크 몇몇 구역에서 이렇게 실시했다. 성과는 그저 그랬다. 길고양이 수를 정말 줄이려면 적어도 4분의 3을 거세해야 되는데 그렇게 많이 잡아들이기는 힘들다. '최종 해결'도 있다. 다 잡아서 일종의 길고양이 아우슈비츠에서 절멸시키는 것이다. 스웨덴에서는 다소 조심스럽다. 임자가 없다고 의심될 만한 고양이를 경찰이 잡으면 소유주에게 열흘 안에 연락이 닿아야 한다. 그 기간이 지나면 경찰 소유가 되어 팔거나 죽일 수 있다. 쉽게 말해 길고양이는 아무 권리도 없다. 나비가 우리 마음을 사로잡지 못했다면 어떤 운명을 맞았을지 떠올려보라.

하지만 이제 나비는 당당히 집고양이의 지위에 올라 이름도 얻고 다른 번듯한 고양이처럼 식별 코드가 담긴 칩도 있다. 스웨덴 고양이 협회 등록부에도 우리 고양이라고 나온다. 당국 권유대로 외출 고양이에게 필요한 중성화 수술도 받았다.

게다가 나비는 권리도 있다. 우리 고양이이므로 우리가 책임을 지며 고양이가 받아야 되는 보살핌을 우리가 이행하지 않으면 당국과 말썽이 생길 수도 있다. 우리를 꼬드긴 나비는 시민은 못 되었을지라도 동물을 어떻게 다뤄야 할지 정해놓은 스웨덴 사회의 구성원은 된 셈이다. 이게 다가 아니다. 공무원이 바랄 만한 모범적인 고양이가 되었다. 우리는 이제 고양이 세금을 기다린다.

나비도 우리와 지낸 뒤로 달라졌다. 몸과 마음이 다 무르익은 듯하다. 장난기를 잃었다기보다는 잘 자라서 제 처지를 더 제대로 알게 되었다는 것이다. 추위와 배고픔에 떨며 내 정원 바구니를 안식처로 삼던 덜 자란 고양이가 이제 자신만만한 집고양이로 발전해 숙녀의 풍모와 나름의 버릇도 갖추었다. 어느 때는 주인 할아버지와 할머니가 똑바로 훈련받아 까다로운 고양이를 어떻게 대할지 안다는 것을 확인하고 만족하는 듯싶기도 하다. 물론 녀석이 옳다. 우리가 고양이를 잡았을 뿐만 아니라 고양이도 우리를 길들여진 '집사'로 만들었다. 우리는 쌍방이 기쁘도록 서로 길들였다.

몸도 자랐다. 몸무게가 늘지는 않았다. 알맞게 먹으며 꾸준히 젊고 날렵하게 움직인다. 사실 요즘 녀석은 밥그릇이 놓이는 싱크대에 올라갈 때 주로 의자를 디디고 돌아서 가는 편이다. 그런데 다음 순간 번개처럼 나무에 오르니 민첩성은 정말 아무 문제도 없다. 의자 쪽 길을 고른 까닭은 무거워서가 아니라 게을러서다. 쓸데없이 힘들여서 뭐해?

우리와 나비는 서로서로 삶의 일부가 되었다. 서로를 이해해서라기보다는 함께하는 시간을 즐기기 때문이다. 녀석은 이제 전적으로 우리 서비스에 의존하고 우리를 생기롭게 만든다. 함께 놀거나 녀석을 찾아다니거나 잡아온 쥐를 치우다 보면 조금 운동도 된다. 그리고 특히 자주 웃음을 터뜨리니 수명도 늘어날 것이다. 게다가 우리가 돌봐주고 배려해주는 대상이 있다는 것은 배려를 받는 것만큼 중요할 수 있다.

나로서는 고양이 세계를 조금이라도 파악하려는 것이 철학적 과제가 되었다. 나비는 어쨌든 내 일상적 사교 활동의 일부고, 가장 가까운 이를 이해하려는 것은 인지상정 아니겠는가. 그것이 설령 고양이라 할지라도.

그래서 고양이, 아내, 나는 쭉 함께 살기를 기대한다. 고양이는 15년 넘게 살 수 있으니 오래 책임을 져야 한다. 내가 그때까지 살아 있다면 아흔 살이 된다. 아마 그 나이까지 못 갈지도 모른다. 나비가 나와 아내보다 오래 살 가능성도 얼마든지 있다. 그것도 뭔가 마음에 든다. 가까이에 나비를 두고 내 침대에서 죽는다는 생각도 해볼 수 있겠다. 그만큼 우리는 좋은 동무가 되었다.

어머니가 말년을 보낸 양로원에는 고양이가 있었다. 어머니에게 무척 소중한 녀석이었다.

1판 1쇄 인쇄 2016년 7월 8일
1판 1쇄 발행 2016년 7월 15일

지은이 닐스 우덴베리
옮긴이 신견식
펴낸이 김성구

책임편집 박혜란
단행본부 김민기 나성우 김동규
저작권 이은정
디자인 여종욱 문인순
제 작 신태섭
책임마케팅 유지혜
마케팅 최윤호 손기주 송영호
관 리 김현영

펴낸곳 (주)샘터사
등 록 2001년 10월 15일 제1-2923호
주 소 서울시 종로구 대학로 116 (03086)
전 화 02-763-8965(단행본부) 02-763-8966(영업마케팅부)
팩 스 02-3672-1873 **이메일** book@isamtoh.com **홈페이지** www.isamtoh.com

ISBN 978-89-464-2033-5 03850

이 도서의 국립중앙도서관 출판시도서목록(CIP)은 e-CIP 홈페이지
(http://www.nl.go.kr/cip.php)에서 이용하실 수 있습니다. (CIP제어번호: CIP2016016413)

값은 뒤표지에 있습니다.
잘못 만들어진 책은 구입처에서 교환해 드립니다.